Stefanie Dörr

Ich sehe was, was du nicht siehst

Wie mir mein wildgewordenes Spiegelbild
die Sicht verhagelte

Stefanie Dörr,
1967 in Stuttgart geboren, studierte Betriebswirtschaft
und arbeitete jahrelang in Werbung und Marketing,
bevor sie sich als freie Texterin und Beraterin
selbstständig machte.
Heute lebt sie mit ihrer Familie in
Frankfurt am Main und schreibt Erzählungen
für Kinder und Jugendliche.

Stefanie Dörr

Ich sehe was, was du nicht siehst

Wie mir mein wildgewordenes Spiegelbild die Sicht verhagelte

Arena

1. Auflage 2010

Umschlaggestaltung: Frauke Schneider
Gesamtherstellung: Westermann Druck Zwickau GmbH
ISBN 978-3-401-06507-6

www.arena-verlag.de
Mitreden unter forum.arena-verlag.de

Kapitel 1

Mein Wecker piepte laut und durchdringend und war damit genauso penetrant wie der winzige Sonnenstrahl, der sich durch die Vorhänge quetschte und in meinem Gesicht landete. Nichts Besonderes also. Ein ganz normaler Morgen.

Ich hatte eine lausige Nacht hinter mir und fühlte mich, als hätte ein Schulbus direkt auf mir gehalten und sämtliche Klassenkameraden über mich hinwegtrampeln lassen. Mein Körper erschien mir zerknautscht und zu eng. Alles Strecken und Recken half nichts, es war, als hätte man mich in einen Tauchanzug vom Vorjahr gepresst, der mindestens zwei Nummern zu klein geworden war. Beim Aufstehen hatte ich das Gefühl, als müsste ich gegen hundert starke Gummibänder kämpfen, die mich fest umwickelt hielten. Vielleicht war das Innere meines Körpers größer geworden und die Haut hatte vergessen mitzuwachsen?

Am fiesesten war, dass ich genauso miserabel aussah, wie ich mich fühlte. Letztes Jahr hatte ich mir einen Spiegel gewünscht, groß genug, um mich von oben bis unten sehen zu können. Auf dem Flohmarkt fanden Papa und ich genau meinen Traumspiegel. Ein riesiges Luxusteil mit dickem verschnörkeltem Goldrand, so hoch wie mein Papa, so breit wie der Hintern unserer Nachbarin. Seitdem konnte ich mich im Vollbild bewundern: Haare, Gesicht, Dekolleté, Bauch- und Pogegend, Beine, Schuhe – mit einem Blick alle wichtigen Zonen erfasst. Dass ich jemals mit einem kleinen Badezimmerspiegel ausgekommen war, konnte ich mir nicht mehr vorstellen.

Der Spiegel hatte aber auch Nachteile. So wie jetzt. Ein Blick, und die gesamte Katastrophe war erfasst.

»Oouuuu!«, entfuhr es mir gequält. Ein schreckliches Monster hatte über Nacht von meinem Spiegel Besitz ergriffen und starrte mir nun entgegen. Das war nicht die Maja, die ich kannte.

Ja gut, ich hatte gestern Abend zu lange gelesen. Bis tief in die Nacht hinein. Doch konnte das wirklich der Grund dafür sein, dass mir nun dieses Schreckgespenst gegenüberstand?

Meine Haare standen in strubbeligen Nestern vom Kopf ab und eine fiese Schlaffalte zog sich quer über meine Wange. Ich sah so alt, grau und verlebt aus wie meine eigene Uroma an ihren schlechtesten Tagen. Und das von Kopf bis Fuß, wie mir mein Vollbild bestätigte. Was war da los? Ich meine, ich war eigentlich ein ganz normaler Teenie, braunhaarig, grünäugig und schlaksig, mit einem Gesicht, das sich noch nicht entscheiden konnte, ob es mal hübsch oder nur durchschnittlich werden wollte. Jedenfalls konnte ich so niemandem unter die Augen treten. Meinem Papsi nicht, der mich nie wieder »meine Schöne« nennen würde, Klara nicht, der es bestimmt peinlich wäre, eine so mies aussehende Freundin zu haben, und erst recht nicht Mama, die mich mit einem erschreckten »Huch« wieder ins Bett stecken würde – aber sie würde ich sowieso erst am Samstag wiedersehen.

Ich weiß nicht mehr, wie lange ich so vor dem Spiegel gestanden hatte, als es plötzlich anfing. Das mit der zu engen Haut hatte ich ja bereits erwähnt. Nur ein blödes Gefühl, nichts weiter. Kein Grund zur Panik – wenn es denn dabei geblieben wäre. Tat es aber leider nicht.

Zuerst dachte ich, mit meinen Augen wäre etwas nicht in Ordnung. Kann ja mal passieren nach so einer beschissenen Nacht. Dass man anfängt zu schielen oder so, weil die Augen vom langen Lesen bei Dämmerlicht überanstrengt sind. Dann dachte ich, mit meinen Armen und Beinen stimme etwas nicht. Aber obwohl ich mich wie eine Spinne mit acht Körperteilen fühlte, waren da zwei von beiden. Wie immer. Allerdings nur, wenn ich direkt an mir hinunterschaute. Was ich dagegen im Spiegel sah, war unglaublich! Jemand schien eine ferngesteuerte Computermaus an meinen einzelnen Körperteilen angesetzt und sie munter hin und her gezogen zu haben. Wie in diesen Programmen, mit denen man Fotos bearbeiten konnte. Am Computer war das ja echt lustig, aber in live? Mit dem eigenen Spiegelbild? Kurz blitzte eine Maja auf, die tatsächlich vier Beine und vier Arme hatte. Dann schnalzte das Bild zurück und ich sah wieder normal aus. Also normal fürchterlich eben. Mit meinen Zehen und Fingern passierte das Gleiche. Ich war nicht fähig, deren Zahl zu erfassen. Etwas zog und zerrte daran, mein Spiegel zeigte mir kurz das Schreckensbild eines Alien mit unzähligen langen Würmern anstelle der Finger. Und als mich eines dieser zauseligen Haarnester am Kopf juckte und ich mich kratzen wollte, kratzte ich einen halben Meter neben mir. Allerdings zerrte dabei etwas an meinem Ohr herum, und als ein drittes Ohr völlig frei schwebend durch den Spiegel flog, musste ich mich dringend wieder auf die Bettkante setzen und den Spuk vorübergehend beenden.

Faszinierend war, dass ich den Blick nur schwer von dieser Katastrophe wenden konnte. Es war wie bei dem berühmten Verkehrsunfall, den man unbedingt angucken muss, und wenn man endlich einen Blick auf das Opfer erhascht hat, das blutüberströmt auf der Transportbahre liegt, oder das zermatschte Motorrad gesehen hat, verfolgt einen das Bild stundenlang und man verflucht die eigene Neugier. So ähnlich ging es mir auch. Es kostete mich unglaublich viel Kraft, auf das Bett zu sinken und mein Spiegelbild aus den Augen zu lassen.

Es war ein Zauberspiegel! Ganz klar, deshalb war er so billig gewesen. Der Verkäufer auf dem Trödelmarkt hatte uns gelinkt und das Ding unbedingt loshaben wollen! Ich zeigte mir innerlich den Vogel.

Welch ungeheuerer Schwachsinn! Zauberspiegel, also echt!

Dann war es bestimmt ein Spiegel mit versteckter Kamera und ein Haufen schwachsinniger Fernsehzuschauer, angestachelt durch einen schmierig-dreisten Moderator, schaute mir in diesem Moment johlend zu, wie ich dabei war, den Verstand zu verlieren.

Zitternd betrachtete ich meinen Körper. Meine Arme, meine Beine und alles, was sonst so an mir dran war, saßen genau an der richtigen Stelle. Alles klar, ich konnte wieder aufstehen und einen zweiten Blick in den Spiegel wagen. Mit ziemlich wackeligen Knien allerdings. Aber von so einem blöden Spiegelscherz am Morgen würde ich mich nicht einschüchtern lassen, ich nicht.

Sicherheitshalber schloss ich zuvor noch einmal die Augen, genoss die wohltuende Dunkelheit, atmete lang und tief wie vor einer wichtigen Prüfung in der Schule oder einem entscheidenden Match beim Tennis. Weil dieser Morgen im Dunkeln so viel besser zu ertragen war, tastete ich mich mit zusammengekniffenen Augen vom Bettrand bis vor den Spiegel. Bloß nicht gucken! Aber es half ja nichts. Ich musste der Wahrheit ins Gesicht sehen – also los, Maja, Augen auf!

Probeweise öffnete ich die Augen zu schmalen Schlitzen. Pech, ich schielte immer noch. Aber nicht mehr so schlimm, nur die Ränder meines Spiegelbildes waren unklar.

Seufzend versuchte ich es noch einmal. Das Seufzen klang dicht neben mir ein wenig nach. Ein kleines Echo nur, aber es katapultierte mich endgültig aus meiner Hoffnung, es könne alles ein dummes Versehen sein.

»Wer ist da!«, schrie ich aufgebracht und drehte mich wild um meine eigene Achse. Nichts. Nur mein Herz klopfte laut vor Empörung über den weiteren Schrecken. Kurz wurde mir ein wenig schwindelig und eilige Funkelsternchen sausten durch mein verschwommenes Sichtfeld und zeigten sich in dem verfluchten Spiegel.

Als sich der Sternchenregen gelegt hatte, starrte ich mir entgegen, was ja nicht ungewöhnlich ist, wenn man vor einem Spiegel steht, oder? Nur dass ich mir zwei Mal entgegenstarrte, das war schon ein wenig merkwürdiger. Fassungslos klappte mein Kiefer nach unten. Sah ich jetzt doppelt oder was?

Vorsichtig blinzelte ich mir zu. Ein Spiegelbild blinzelte brav zurück, das andere – na ja, ich konnte nichts Genaues erkennen. Es war eigenartig verschwommen, weder Augen noch Gesichtszüge waren deutlich sichtbar. Nur dass ich da im Spiegel zwei Mal war, das war offensichtlich.

Vor meinen Augen schärfte sich allmählich das Bild. Als würde man bei einer teuren Kamera an der Linse herumspielen oder ein Fernglas auf die richtige Entfernung einstellen. Zuerst ein wenig zu viel gedreht, dann wieder zu weit zurück und dann plötzlich sieht man klar.

So klar, wie das zweite Spiegelbild jetzt war: Eindeutig mit meinen Gesichtszügen, aber nicht hundertprozentig identisch. Vor allem fehlte die komplette Verwirrung, der Schrecken, der in meinem richtigen Spiegelbild zu erkennen war. Dafür glaubte ich die Kampfbereitschaft und gleichzeitige Siegesgewissheit eines gereizten Stieres zu erkennen. Das gefiel mir überhaupt nicht.

Langsam ging ich drei Schritte zurück zu meinem Bett, sank wieder auf den Rand und versuchte, mein polterndes Herz zu beruhigen.

Von unten war lautes Geklapper zu hören. Zum ersten Mal an diesem Morgen nahm ich etwas von außerhalb meines Zimmers wahr. Papa war also schon wach. Er veranstaltete wie immer einen höllischen Lärm mit dem Frühstücksgeschirr, um mich zu wecken und mir zu zeigen, dass es allerhöchste Eisenbahn war. Heute nervte es mich nicht wie sonst, heute beruhigte mich die Gewissheit, dass er da war. Denn mit meinem Papsi in der Nähe konnte mir nichts Schlimmes passieren.

Mit neuem Mut schielte ich über meinen Rücken. Mein Blick traf meine Augen, obwohl ich mich vom Bett aus gar nicht spiegeln konnte. Nie würde ich mir den Spiegel so stellen, dass ich mich im Bett anschauen kann, also wirklich. Trotzdem war dort drinnen meine

Gestalt zu sehen, aufrecht stehend und nicht mehr aggressiv, sondern triumphierend dreinschauend.

Mein ungläubiges Kopfschütteln wurde prompt von diesem zweiten Ich erwidert. Genauso, wie es ein Spiegelbild richtigerweise machen würde.

Na, so was, dachte ich und der ganze Schrecken wich einer gespannten Neugier. Bis jetzt war ja noch nichts wirklich Schlimmes passiert. Keine unerträglichen Schmerzen, keine Gewalt, keine angekündigte Entführung, keine Vampirzähne oder hässlichen Gnome. Nur eine rätselhafte Verdopplung meines ansonsten braven Spiegelbildes.

Probehalber hob ich meine rechte Hand und fasste damit ans linke Ohr. Und jetzt mit der linken Hand ans rechte Ohr. Eine feine Übung. Das Ganze noch einmal. Die doppelte Erscheinung bewegte sich zuerst völlig zeitgleich, dann leicht verzögert. Ich spürte Widerstand. Beim Zehenwackeln war es ähnlich. Zuerst wackelte ich mit meinen Zehen und konnte das Wackeln zwei Mal im Spiegel verfolgen, was völlig in Ordnung war. Dann hatte ich nur noch die Kontrolle über meine höchsteigenen zehn Zehen und das zweite Spiegelbild wackelte hinter mir und der normalen Spiegelung her. Genau das Gleiche beim Kopfschütteln. Ich schüttelte und mit einer minimalen Verzögerung schüttelte sich der zweite Spiegelkopf. Widerwillig, wie ich zu spüren meinte.

Nun war ich als Zwölfjährige ziemlich erfahren mit

körperlichen Veränderungen. Von einem Tag auf den anderen konnte es passieren, dass ich mich in meinem Goldspiegel kaum wiedererkannte. So ähnlich wie heute früh eben, nur nicht ganz so dramatisch.

Allein das Wachsen! Innerhalb einer Woche wurde das Lieblings-Sportshirt zum bauchfreien Sommerteilchen. Und noch jetzt konnte ich den lähmenden Schreck spüren, als ich eines Morgens die beiden Knötchen in meinen Brüsten gefühlt hatte, die Vorahnung auf meine künftige Oberweite sozusagen.

Beständig musste ich auf der Hut vor den Streichen meines Körpers sein. Erst gestern früh hatte ich fünf Zentimeter neben das Marmeladenglas gegriffen und beim Zurückzucken Papas Kaffeetasse umgestoßen. Mein armes Hirn stolperte hinter der Entwicklung meines Körpers her wie ein alter Mann seinem Hut, den ihm der Sturm vom Kopf gerissen hatte.

Möglicherweise waren die Erlebnisse heute früh der Auftakt für eine Reihe von weiteren Veränderungen, die ich jetzt noch nicht ahnen konnte.

»Maja!«, rief Papas Stimme von unten.

»Maja!«, echote es leise einen halben Meter hinter mir, was ich aber ignorierte. Denn wenn ich es jetzt zuließ, dass sich auch noch alles Gehörte verdoppelte, dann wäre der Rest des Vormittags gelaufen und ich konnte mich gleich in eine Anstalt einliefern lassen.

»Beeilung, in zehn Minuten musst du los!«

Zehn Minuten. Das war eine Katastrophe. Ich benötigte mindestens eine halbe Stunde, um mich morgens für einen langen Schultag zu rüsten. Allein das Styling der Haare dauerte zehn Minuten, vom Duschen ganz zu schweigen. Klamotten hatte ich auch noch nicht rausgesucht. Mit einem doppelten Seufzer fiel mir ein, dass wir heute Sportunterricht hatten und die einzige tragbare Jazzpant in der Wäsche war.

»Ich habe heute zur zweiten Stunde«, rief ich zurück und saß noch immer wie angeschraubt auf der Bettkante.

»Blödsinn«, schallte es unbarmherzig von unten. »Caro hat eben angerufen, dass sie heute fährt.«

Das war gut. Erstens fuhr ich zurzeit aus vielerlei Gründen nicht so gerne mit dem Bus zur Schule, zweitens musste ich mich dann nicht ganz so sehr beeilen und drittens mochte ich Caro. Sie war nämlich Klaras Mama. Und Klara war meine Freundin. Meine beste Freundin. Der Gedanke an Klara tat mir gut. Klara wusste alles von mir. Ich wusste alles von Klara. Auch, dass sie diesen merkwürdigen Typen aus der neunten Klasse so cool fand. Neunte Klasse! Hallo, wir hatten es gerade in die siebte Klasse geschafft und einer aus der neunten würde uns nie eines Blickes würdigen. Außer Klara vielleicht. Aussehenstechnisch ging sie glatt als Sechzehnjährige durch. Ich nicht. Ich sah aus wie zehn. Weil die Knoten in den Brüsten immer noch pure Hoffnung waren. Weil ich keinen runden Mädchenpo hatte, sondern einen schmalen Sportlerinnenhintern, und weil ich eine Zahnspange trug. Elend. Aussichtslos.

»Fünf Minuten noch«, klang es von unten. Papa war knallhart, wenn es um die Schule ging. Deshalb brauchte ich ihm auch gar nichts von wegen krank und Kopfschmerzen und so zu erzählen. Ich schleppte mich zum Kleiderschrank. Oder musste ich jetzt sagen »wir schleppten uns zum Kleiderschrank«? Denn mein Spiegel-Ich hatte sich klammheimlich aus dem Spiegel gelöst und flimmerte jetzt als undeutliche, durchsichtige Wabber-Gestalt neben mir. Wie das denn jetzt? Hatte irgendjemand diesem Dingens erlaubt, sich aus dem Spiegel raus- und in mein Leben reinzuschleichen? Wurde es nun nicht langsam Zeit, den blöden Scherz zu beenden? Es gab ja wohl Grenzen. Wo war der Typ, der »Überraschung« rief? Oder wurde ich gerade komplett verrückt?

Doch es gab nichts dran zu rütteln, da stand sie, eine immer deutlicher werdende Gestalt, die haargenau die gleichen Bewegungen ausführte wie ich. Spiegelverkehrt und quasi ferngesteuert mit dem Maja-Superprozessor. Ziemlich unwillig und deshalb leicht verzögert zwar, doch kurz gesagt, es gab mich zwei Mal! Original und Fälschung. Echt und kopiert. Mich und noch einmal mich.

»Metoo«, schoss es mir durch den Kopf. Ein Ausdruck aus der letzten Politik- und Wirtschafts-Stunde, eine englische Bezeichnung für Nachahmerprodukte, für billige Imitationen. Wenn man es leicht änderte in »Mitu«, klang es irgendwie cool nach japanischem Manga. Ich seufzte. Eine Erscheinung, die nun einmal da war, brauchte schließlich einen Namen, so wie ein Haustier oder ein Lieblingsschmusebär. Also gut: Hallo Mitu.

Vorerst beschloss ich allerdings, dieses »Mitu-Dingens« zu ignorieren. Papa rief schon wieder aus der Küche und ich hatte keine Zeit zu verlieren.

Schnell grabschte ich nach dem ultracoolen türkisfarbenen T-Shirt, den kurzen Jeansshorts und einigermaßen passender Wäsche. Mitu krallte sich eine etwas gewagte Kombination aus sommerlicher Nobel-Leinenhose und dem trutschigen Rüschenshirt, das ich immer bei Choraufführungen trug. Und sie quälte sich in einen BH. Das war nun echt unnötig. Ich trug Bustiers, die BH-Fassung für busenlose Teenager. Gut, dass die Kleidung an ihr ebenso schemenhaft wurde wie ihre ganze Erscheinung. Frei schwebende Kleidungsstücke waren das Letzte, was ich jetzt ertragen konnte, und außerdem hatte ich keine Ahnung, wie ich Papsi hätte erklären sollen, dass einige meiner Klamotten seit Neuestem hinter mir herschwebten wie ein Mückenschwarm hinter einer Kuh. Genauso wenig wusste ich allerdings, wie ich erklären sollte, dass mir seit Neuestem mein Spiegelbild durchs Leben folgte.

Als ich aus meinem Zimmer in Richtung Bad stürzte, fiel ich fast über unseren Kater Herkules, der schon ungeduldig darauf wartete, mein Bett übernehmen zu können. Dort pflegte er sich von seinen ausgiebigen nächtlichen Ausflügen zu erholen. Meist den ganzen Tag über und bevorzugt auf meinem Kopfkissen. Herkules spritzte zur Seite, maunzte kurz erbost, drückte sich ängstlich an die gegenüberliegende Wand und suchte dann sein Heil in der Flucht. Armes Tier. Nichts war schlimmer für ihn als eine Störung des gewohnten Tagesablaufs. Konnte er Mitu etwa wahrnehmen oder sah ich so schrecklich aus, dass sich sogar Herkules vor mir fürchtete?

Mitu schaffte es, eine Millihundertstelsekunde länger Zähne zu putzen als ich. Dafür kämmte sie die struppigen Haare nachlässiger und wuschelte sie ungeschickt zu einem Zopf, während ich die Haare glatt zog und in Windeseile eine sportliche Steckfrisur zustande brachte. So polterten wir im Duett die Treppen hinunter in Richtung Frühstück.

Papa begrüßte mich stirnrunzelnd. »Guten Morgen, endlich geht die Sonne auf. Bist du wieder gewachsen, oder was?«

Er wollte mir wie jeden Morgen einen Kuss auf die Stirn drücken, traf allerdings mein Ohr, was uns beide gleichermaßen verblüffte. Mitu schien er nicht zu sehen. Oder wollte er sie nicht sehen? Eltern können ja manchmal verblüffend blind sein.

»Irgendwie siehst du anders aus«, murmelte er blinzelnd. Na ja, ganz so blind war er also doch nicht. Aber auch Papa hatte es aufgegeben, sich über mich und mein Aussehen zu wundern. In meinem Alter schoben Erwachsene alles, was sie nicht verstehen konnten, auf die Pubertät oder die bevorstehende Pubertät. Ganz einfach. Dabei schoben wir merkwürdige Dinge bei unseren Eltern ja auch nicht immer auf die herannahende Altersdemenz, oder?

Da hätte ich mir nämlich schon manches Mal ernsthafte Sorgen um Papa machen müssen. Allein wie er heute schon wieder aussah! Das war so schrecklich, dass es mich kurzzeitig sogar von meinen eigenen Problemen ablenkte. Echt, meine peinliche Schlaffalte war gar nichts dagegen.

»Papsi-Schatzi«, sagte ich vorsichtig, denn er war ziemlich empfindlich, was Kritik anbelangte, »Papsi, soooo willst du doch heute nicht aus dem Haus gehen, oder?«

Irritiert schaute er an sich hinunter. Braune Cordhosen mit ausgebeulten, abgeschabten Knien, kariertes Hemd und zerknautschte Weste waren in seinen Augen ein absolut korrektes Erscheinungsbild. Scheußlich! Und seine Haare! Eine ungekämmte, aus der Form geratene Zumutung. Seit Mom nicht mehr bei uns wohnte, hatte er manchmal stilistische Aussetzer, die ich einfach nicht ertragen konnte. Es war meine Pflicht als seine Tochter, ihm beizustehen. Auch wenn er immer wieder betonte, dass seine Garderobe in seinem Job als Lokal- und Sportredakteur unserer örtlichen Zeitung wirklich überhaupt keine Rolle spielte und er auch in Jogginganzug und Badelatschen ins Büro gehen könnte. Was er im Übrigen bestimmt tun würde, wenn ich nicht wäre.

»Bitte, Papi, die Hose hat Mama schon vor zwei Jahren in den Altkleidersack gesteckt, nimm einfach eine von den hellbraunen Jeans und alles ist gut. Versprochen? Und vielleicht die graue Weste, die Tante Simone dir mal zu Weihnachten geschenkt hat, ja? Die ist echt in Ordnung und viel bequemer.« Schnell schmatzte ich ihm einen Kuss auf die Wange, bevor ihm ein Einwand einfallen konnte.

Gut, dass es in diesem Augenblick an der Tür klingelte. Ich schnappte mir meinen Rucksack, den Turnbeutel mit den Klamotten von letzter Woche – igitt! –, bekam von Papa noch eine Tasse Tee an die Lippen gehalten und ein Brot zugesteckt. Dann wirbelte ich als hektisches Knäuel aus unserem Vororthäuschen. Von mehr Personen musste ich mich nicht verabschieden, seit Mom und mein kleiner Bruder Vince letzten Sommer von hier weg ans andere Ende der Stadt gezogen waren.

Aus den Augenwinkeln sah ich gerade noch eine ältere Frau, die mit ihrem kleinen Hund an unserem Gartentor wartete, als stünde sie vor einer roten Ampel, bis sich der Maja-Spiegelwesen-Schultaschen-Knoten entwirrt und in das Auto gefaltet hatte. Zuerst glaubte ich

Belustigung über das Durcheinander zu erkennen, dann jedoch Verwunderung und Erregung. Sie schien etwas rufen zu wollen, setzte an zu winken, doch ich hatte wirklich überhaupt keine Zeit, mich um sie zu kümmern. Sie sollte lieber sehen, dass sie weiterkam, denn Herkules liebte es, Hunde – genauer gesagt, kleine und besonders goldige Hunde – durch die Hecke hindurch anzufallen und ihnen mit wildem Kreischen seine Krallen kräftig über die Schnauze zu ziehen.

Kapitel 2

Während ich versuchte, meinen schweren Rucksack und die Sporttasche zu verstauen, hatte es sich Mitu schon zwischen Klara und mir gemütlich gemacht. Mit belustigtem Grinsen verfolgte Caro die Aktion und startete schließlich den Motor.

»Guten Morgen, du warst aber schnell«, lachte sie mir über den Rückspiegel zu, »für einen Augenblick dachte ich schon, ich sehe dich doppelt.«

Während sie sich konzentriert durch unser Wohngebiet auf den breiten Stadtzubringer schlängelte, gab es ein heftiges Gerangel zwischen Mitu und mir, die sich wirklich unverschämt breitmachte.

Klara beobachtete mit gehobenen Augenbrauen, wie ich mit meinem Hintern auf der Rückbank hin- und herrutschte. Diesen Blick, der eine Mischung aus Tadel, Unverständnis und Befremden ausdrückte, hatte sie echt gut drauf. Man fühlte sich sofort unwohl und hatte das Gefühl, das T-Shirt verkehrt herum, den Slip auf dem Kopf und Nutella-Reste im Mundwinkel zu haben. Dazu kam, dass sie diese wunderschön geschwungenen Augenbrauen sorgfältig auszupfte und jeden Morgen und Abend – so hatte sie mir verraten – mit einem winzigen Bürstchen in Form brachte. Der Effekt war besonders toll, da die Augenbrauen dunkelbraun, ihre Haare aber strohblond waren und die Augen selbst dunkelblau. Das sah so abgefahren aus, dass ich mich fragte, ob sie da nicht mit ein wenig Farbe nachhalf – bei den Haaren oder den Augenbrauen natürlich. Schon so manches Mädchen hatte Wochen gebraucht, um sich nach solch einem Klara-Blick wieder aus dem Haus zu wagen. Und jetzt bekam ich ihn zu spüren! Obwohl ich ihre Freundin, ihre beste Freundin, war!

»Hattest du Hummeln zum Frühstück?«, fragte sie schließlich spöttisch grinsend.

»Nee, irgendwie juckt es mich halt, wahrscheinlich der falsche Slip oder so«, murmelte ich verlegen. Mitu war inzwischen ein wenig zur Seite gerückt, allerdings nur, um interessiert hier und dort am Sitzpolster herumzufummeln und um besser aus dem Fenster gucken zu können. Wie sollte ich Klara erklären, dass ich mich an die Autotür quetschte, während zwischen uns noch Platz für zwei weitere Mädels war, und zwar deshalb, weil sich dort mein lebendig gewordenes Spiegelbild namens Mitu platziert hatte? Völlig vergebens, also konnte ich es gleich lassen.

Es war ja wohl inzwischen klar, dass niemand Mitu so deutlich sehen konnte wie ich. Papa und Caro hatten zwar irgendetwas Seltsames bemerkt, doch Klara schien völlig ahnungslos zu sein.

»Bin ich giftig heute Morgen oder was?«, wollte sie wissen.

»Nee, bin ein wenig durch den Wind, hab verschlafen«, grummelte ich und strafte Mitu mit einem bösen Blick.

»Musst es ja nicht an mir auslassen«, beschwerte sich Klara. »Ich hab dir doch nichts getan. Wie findest du mein Shirt, sag mal?«

Klara trug wirklich ein neues T-Shirt: So weit ausgeschnitten, dass man ihren neuen BH sehen konnte und ich das Bedürfnis hatte, die Träger ordentlich über ihre Schulter zu schieben. Ober- und unterhalb des Busens war der Stoff gerafft, was ihre schon recht beachtliche Oberweite zur Geltung brachte.

»Nuttig«, funkte mir jemand zwischen meine eigenen Gedanken.

»Waaahnsinn«, bewunderte ich lautstark und gerade noch rechtzeitig. Dabei überlegte ich, was ich eigentlich damit meinte – Klaras gewagtes Shirt oder die Tatsache, dass Mitu mir beinahe ihre Worte in den Mund gelegt hätte. Denn der Gedankenblitz konnte nur von ihr gekommen sein.

Sie, also ES, das Ding, die Erscheinung, hatte eine eigene Meinung! Und außerdem keine Ahnung, wie man mit Klara umgehen musste. Dabei war es doch ein Teil von mir, mein Spiegel-Ich! Vor meinen Augen aus dem Spiegel gehüpft als eine Kopie meines Spiegelbildes. Wie konnte sie oder es oder was auch immer da in meinen Gedanken herumpfuschen! Ohne dass ich es bemerkt hatte, musste Mitu die morgendliche Hektik genutzt haben, um nicht nur die Kontrolle über ihre verschwommene Wabbergestalt zu erlangen, sondern auch eigenständig denken zu können.

Ich war sprachlos. Und wenig begeistert, wie man sich vorstellen kann.

So ein Spiegeldingens, das einfach da ist, einem wie ein Schatten folgt, von keinem anderen gesehen wird und sich auch sonst nicht unangenehm bemerkbar macht, damit kann man umgehen so früh am Morgen. Daran könnte man sich sogar gewöhnen, fand ich. Schließlich kümmert man sich um seinen Schatten ja auch nicht weiter. Gehört einfach dazu, fertig.

Aber Mitu konnte jetzt sprechen – zumindest mit mir. Sie konnte Gedanken äußern, die mit meinen so viel zu tun hatten wie die neusten Charts meines Lieblingssenders mit Moms langweiligen Opern-CDs. Das gefiel mir nicht, nein, überhaupt ganz und gar nicht. Da war etwas so faul wie gammeliges Obst in einer vergessenen Frühstücksbox.

Ich verfiel in brütendes Schweigen, was Klara jetzt doch verärgerte. Beleidigt, mit verschränkten Armen, starrte sie aus dem Fenster. Sollte sie doch, ich hatte andere Sorgen.

Während sich Mitu über mich hinwegbeugte und mir ihren Ellenbogen in die Oberschenkel bohrte, weil sie unbedingt einem schnittigen Sportwagen hinterherschauen wollte, starrte ich auf ihren Hinterkopf und überlegte, ob ich sie nicht einfach aus dem Auto werfen sollte. Diese ganze Mitu-Erscheinung wurde mir immer unheimlicher. Die Sache mit dem Schielen, dem Spinnengefühl in Armen und Beinen und dem Echo, das alles war nun fast verschwunden. Doch ich konnte ja wohl kaum mit dieser Gestalt am Bein durch den Tag wandern. Oder durch mehrere Tage. Oder ein ganzes Leben. Wo ich schon eine Stunde unerträglich gefunden hatte.

Trotzdem ging es nicht. Ich konnte sie nicht rausschubsen. Was wusste ich denn, was sich da genau aus meinem Spiegel gelöst hatte? Vielleicht war das ja ein Teil von mir, den sich dieses Mitu-Dingens geklaut hatte. Dann müsste ich so vorsichtig wie möglich mit ihr umgehen und versuchen, mein fehlendes Teil zurückzukriegen. Es half nichts. Ich musste herausbekommen, was es mit Mitu auf sich hatte. Und mich schnellstmöglich mit ihr unterhalten. Von Mädchen zu Mädchen, von Maja zu Mitu, von ich zu ich sozusagen.

Wenig später huschten wir drei, Klara, Mitu und ich, gerade noch rechtzeitig vor Frau Berner in den Biologiesaal. Frau Berner war eine ältere, hagere Dame, die nicht nur absolut korrektes Verhalten und höchste Aufmerksamkeit für ihr Fach erwartete, sondern auch größten Wert auf Pünktlichkeit legte. Ihre große Gestalt war so unbeugsam wie ein Stahlträger, ihr Mund so kantig wie der zerklüftete Eingang einer felsigen Höhle. Die Augen waren kalt wie Bachkiesel und nur die tiefen Falten um die Augen herum verrieten, dass sie auch mit oder über uns lachen konnte.

Es war pure Schikane der Schulleitung, uns an zwei Tagen der Woche Biologie auf die erste Stunde zu legen. Normalerweise fand ich Bio – abgesehen von der Uhrzeit – ganz spannend und ärgerte mich, so weit hinten sitzen zu müssen. Heute nicht. Heute hoffte ich, ein wenig hinter den anderen zu verschwinden und den Raum gut beobachten zu können. Also weniger den Raum natürlich, sondern eher Mitu, die vergnügt durch die Reihen schlenderte.

»Guten Morgen, meine Lieben.«

»Guten Morgen, Frau Berner«, grummelten, nuschelten und murmelten wir.

Frau Berners prüfender Blick ruhte eine Weile auf der dumpf schweigenden Klasse, bevor er an mir haften blieb. Logisch, oder?

»Maja, du scheinst mir die Einzige zu sein, die wach und ansprechbar ist«, begann sie mit leiser, knarrender Stimme. Das stimmte. Wach war ich. Sie konnte ja nicht wissen, dass meine Wachsamkeit daher rührte, dass Mitu sich nach vorne begeben hatte und interessiert die menschlichen Torsos und Skelett-Teile bewunderte, die hier herumstanden. Und weil es ungemein spannend war, sein Spiegelbild zu beobachten – als würde man einem Theaterstück zusehen, in dem man die Hauptrolle spielte. Aus Mitus schlampig zusammengebundenen Haaren hatten sich zahlreiche

Strähnen gelöst, die ihr unordentlich ins Gesicht fielen. Sie hatte absolut die gleiche dichte braune Zottelmähne wie ich, die sie sich immer wieder mit genau der gleichen ungeduldigen Bewegung aus den Augen wischte, wie ich das machte. Dass sie barfuß lief, war mir bis jetzt gar nicht aufgefallen. Doch wenn sie einen Gegenstand genau betrachtete, wippte sie auf Zehen und Fersen, wie auch ich das machte. Es war faszinierend. Sie war tatsächlich mein wandelndes Ebenbild.

»Eh, ähm, tja«, stammelte ich zerstreut und ließ Mitu keine Sekunde aus den Augen.

»Schön, dann erzähl mal diesem verschlafenen Haufen, was wir uns für heute vorgenommen haben«, forderte Frau Berner mich auf.

In diesem Moment gab Mitu dem Skelett die Hand und schüttelte sie kurz, aber energisch. Das Skelett zitterte, wackelte mit allen Knochen und klapperte mit dem Kiefer. Mann, das sah schräg aus! Aber immerhin waren jetzt alle wach. Lebhaftes Gemurmel und Getuschel erfüllte den Biosaal.

»Hey Mann, Geisterstunde!«, rief Oskar, der sofort aufsprang und Monstergesichter zog. Sehr lustig. Natürlich machte Timo mit. Weil er sich einfach nicht normal benehmen konnte, spielte er Geist und wuschelte den Mädchen in der Reihe vor sich durch die Haare, zupfte an T-Shirts und unterlegte seinen Blödsinn mit albernem Geistergeheule. Die konnten so dämlich sein. Gut, dass ich weit genug weg saß. Das hätte mir gerade noch gefehlt, dass mir einer in den Haaren herumfummelte.

Frau Berners Reaktion hatte dagegen echt Klasse. Sie hob nur überrascht die Augenbrauen, was sie ebenso gut konnte wie Klara – vielleicht hatte Klara das sogar von ihr abgeguckt –, überprüfte kurz die geschlossenen Fenster und die Tür und meinte dann entschieden: »Ein Luftzug, undichte Fenster, Ruhe jetzt. Ich werde später den Hausmeister benachrichtigen.«

Und ohne die entstandene Aufregung weiter zu beachten, fuhr sie mit dem Unterricht fort. Timo und Oskar büßten für ihren Auftritt schwitzend und stotternd zehn Minuten an der Tafel, was ich mit gehöriger Schadenfreude beobachtete.

Auch Mitu beobachtete das Chaos und schien sich dabei köstlich zu amüsieren. Damit ihr auch wirklich nichts entging, hatte sie sich auf den hintersten Tisch gestellt, wippte begeistert und stampfte mit den Füßen. Dabei zerknitterte sie Chantals Heft und warf ihre Stifte hinunter, doch die bekam nichts davon mit, so gebannt war sie von dem Schauspiel an der Tafel.

Nachdem wieder Ruhe und Ordnung eingekehrt waren, schaffte ich es mit äußerster Anstrengung, nicht nur Frau Berners Erwartungen gerecht zu werden, sondern auch Mitu unter Kontrolle zu halten.

Ich übte regelrecht mit mir – und ihr. Wenn ich mir vorstellte, in mein Spiegelbild zu schlüpfen, und mich ganz fest konzentrierte – Frau Berner wundert sich sicherlich, warum ich immer wieder unsichtbare Punkte im Biosaal fixierte –, konnte ich dieses steuern. Zumindest, wenn Mitu unaufmerksam war. Denn nachdem Mitu mir auf die Schliche gekommen war, trugen wir regelrechte Machtkämpfe aus. Mehrfach wollte sie in den angrenzenden Lagerraum entwischen. Wir alle liebten diesen Raum, in dem sich die merkwürdigsten Gegenstände stapelten. Ausgestopfte Tiere, Insektenboxen, einige vernachlässigte Terrarien, jede Menge Gläser mit dubiosen Inhalten. Insofern konnte ich sie ja verstehen. Doch sie versuchte eindeutig, mir zu entkommen. Aus dem Auge, aus dem Sinn, sozusagen. Jedes der Spiegelbeine musste ich einzeln via mentaler Fernsteuerung bewegen oder zum Stillstand zwingen. Jede Handbewegung verhindern oder abwenden. Sehr anstrengend. Wenig Platz für Biologie.

Gerade als ich Mitu daran hinderte, eine eingelegte Eidechse aus einem Glas zu fischen, rief mich Frau Berner auf. Bestimmt schon zum dritten Mal, so wütend, wie sie aussah.

»Maja, Himmel, was ist los mit dir, Mädchen. Du wirst ja wohl noch in der Lage sein, uns zwei Wildkräuter und ihre Merkmale zu nennen. Ich erinnere gerne daran, dass wir das Thema in der Klassenarbeit nächste Woche behandeln.«

Oskar und Timo kicherten bereits. Einige aus ihrem Fanclub auch. Sogar Chantal, na, das würde ich mir merken. Und Klara stieß mich zum zehnten Mal unter dem Tisch an. Nett, dass sie mich wecken wollte, doch ich konnte gerade so wenig Wildkräuter benennen wie chinesische Schriftzeichen lesen. Hilflos zuckte ich mit den Schultern und wartete, bis jemand anderes die Frage lösen durfte. Das war mir so peinlich! Ausgerechnet in Biologie, ausgerechnet bei Frau Berner. Mir brannten die Wangen vor Scham.

Ein Gespräch mit Mitu wurde immer dringender.

Am Ende der Biostunde hatte ich nichts getan, was meine bisher erstklassige Note rechtfertigte und meinen Ausrutscher wiedergutmachen konnte. Frau Berner strafte mich noch mit einem enttäuschten Blick, bevor ich ungewohnt eilig meine Siebensachen zusammenraffte und gruß- und wortlos aus dem Biosaal direkt zur nächsten Mädchentoilette stürzte.

Im Schlepptau natürlich Mitu, die überhaupt nichts schnallte. Mir kam es vor, als müsste ich einen unwilligen Hundewelpen an langer Leine durch ein Labyrinth führen – obwohl wir nur einen schnurgeraden Flur hinuntergingen. Sie blieb an jeder Tür stehen, wollte hier in ein Zimmer entwischen, drehte sich dort drei Mal um die eigene Achse, bevor wir weitergehen konnten, stürzte zum Fenster, um hinauszusehen – oder zu springen? –, oder wollte durch eine Fluchttür nach draußen entwischen. Als wir schließlich die Toilette erreicht hatten und ich uns mühsam in eines der engen Kabuffs gequetscht hatte, war ich völlig fertig.

Schon mal überlegt, wie man sich mit seinem Schatten, seinem zweiten Ich, unterhalten kann? Nee? Ich auch nicht. Ich sank also ratlos auf den Toilettendeckel, stemmte die Beine gegen die Tür und hörte den Geräuschen aus den anderen Kabinen zu.

Nun ja, die Leute sprachen ja mit den merkwürdigsten Dingen: mit Bäumen, mit ihren Körperteilen oder mit ihren Haustieren, warum sollte ich also nicht mit meiner Verdopplung sprechen? Nachdenklich betrachtete ich Mitu, die gerade versuchte, durch den Türspalt am Boden zu entkommen. Doch der Spalt war zu eng oder sie zu dick oder mein Wille zu stark, jedenfalls hing sie dort fest und warf mir finstere Blicke zu.

»Wer bist du und wo kommst du her?«, fragte ich mein am Boden liegendes Spiegelbild, das dabei war, meine Hose zu ruinieren. Eine interessante, aber zweitrangige Frage war, ob nur ich die Flecken auf der Hose sehen konnte oder auch Papa. Zum Glück nahm der es mit der Wäsche nicht so genau.

Mitu richtete sich auf, blinkerte mit den Augen, erwiderte aber nichts.

Es klingelte bereits schrill zur nächsten Stunde und ich war noch keinen Zentimeter weitergekommen!

»Pass auf, Mitu«, flüsterte ich, »was auch immer du tust und wer auch immer du bist. Ich bin hier die Chefin und habe das Sagen. Und ich will nicht, dass du dir einfach einen Teil meines Körpers nimmst, damit herumrennst und Blödsinn machst, ist das klar?«

Ein Rauschen in meinem Kopf könnte die Antwort gewesen sein, doch ich musste los und war entsprechend unkonzentriert. Der oberpenible Herr Wegener hatte – so lästig es auch war – absoluten Vorrang, wollte ich nicht die allerletzte Chance auf eine Drei in Latein verspielen.

Als er wenig später mit Händen und Füßen deklamierend vor uns auf- und abschritt, um uns das sensationelle Versmaß Ovids nahezubringen, saß Mitu zufrieden auf der Fensterbank und blätterte in einem bunten Geschichtsheft. Herr Wegener war in Top-Form. Was man von mir nicht sagen konnte. Immerhin kostete es mich eine ungeheuere Willenskraft, Mitu unter Kontrolle zu halten, und jetzt plapperte auch noch Klara von hinten.

»Wo warst du denn in der Pause?«

»Ich hab mir irgendwas eingefangen«, murmelte ich, »Magen-Darm oder so.«

»Oh Gott«, flüsterte sie erschrocken, »bleib bloß weg von mir, ich hab keinen Bock auf Magen-Darm.«

Eine gute Freundin ist doch was wert, oder? Jetzt hatte ich wenigstens einen Grund, mit Klara zu schmollen. Und mein Mitu-Geheimnis würde ich ihr ganz bestimmt auch nicht anvertrauen. Ätsch.

»Ah, Maja. Ich sehe, du bist ganz bei der Sache. Was meinst du, wie man folgende Äußerung Ovids am besten übersetzen könnte?«

Oje, Herr Wegener hatte mich eiskalt erwischt. Hatte

sich ausgerechnet heute die gesamte Lehrerschaft gegen mich verschworen? Ich fixierte den langen Satz, den er in Windeseile an die Tafel schmiss, und versuchte, »Donec eris felix, multos numerabis amicos. Tempora si fuerint nubila, solus eris« zu verstehen.

»Äh, das Glück . . . viele . . . zählen . . . äh . . . alleine«, stotterte ich verwirrt. Die Hälfte der Vokabeln war mir völlig fremd.

»Nun, die Richtung stimmt, weiter«, ermunterte mich Herr Wegener hartnäckig.

Ich hörte schon wieder Gekicher aus der Jungsecke und meine Backen wurden feuerrot, das konnte ich genau spüren.

Gütiger, ich hatte keinen Plan, was Ovid da mal wieder verbrochen hatte. Noch einmal suchten meine Augen nach einem Anhaltspunkt. Es musste sich um ein bekanntes Zitat handeln, schließlich war das gerade unser Thema.

»Im Glück zählst du viele Freunde. Sind die Zeiten schlecht, stehst du alleine da«, schoss es mir plötzlich durch den Kopf.

Himmel, ich hatte eine Eingebung gehabt! Nicht gerade göttlich, aber dafür sehr praktisch. Schnell wiederholte ich den Satz laut, bevor ich ihn wieder vergessen konnte.

»Nun.« Herr Wegener schaute mich prüfend an. »Gut geraten. Nicht ganz wörtlich übersetzt, doch immerhin beachtlich.«

Mit gutem Gewissen und ein kleines bisschen stolz starrte ich zurück. Meine Weste war blütenweiß. Kein Mikrofon im Ohr, kein Spickzettel unter der Bank, nur unfähige Sitznachbarn, die bestimmt nicht vorsagen konnten. Da Herr Wegener mir nichts nachweisen konnte, musste er sich mit meinem plötzlichen Können abfinden und suchte sich ein anderes Opfer.

Ob meine plötzlichen Kenntnisse von Mitu kamen? Konnte sie etwa Latein? Mich verwirrte es einfach nur. In meinem armen Gehirn purzelten unzählige Vokabeln und Grammatikregeln haltlos herum, als wären sie Astronauten, die den Kontakt zur Raumstation verloren hatten.

Ich warf einen Blick nach hinten. Mitu saß unbeweglich und noch immer völlig in ihr Buch vertieft da. Nichts deutete darauf hin, dass sie mir geholfen hatte. So eine Geheimniskrämerin aber auch.

»Hey, wie hast du das gemacht?«, wisperte es von hinten. Magen-Darm war also doch nicht so schlimm.

»Keine Ahnung, war gar nicht so schwer.«

»Könntest mir ruhig mal helfen. Tust immer so, als ob du keinen Schimmer hättest, aber dann . . .« Klara ließ offen, was »aber dann« bedeutete. Zumindest war das dämliche Kichern bei gewissen Jungs namens Oskar und Timo nicht mehr zu hören. Die zahlreichen verdutzten Blicke, die man mir zuwarf, ignorierte ich mit erhobener Nase.

Während ich nach dieser lateinischen Offenbarung

meinen Kram für die Sportstunde zusammenpackte, spürte ich sie direkt neben mir. Wir hatten nach der Pause Sport und ich wollte meine Tasche schon jetzt zur Halle bringen.

Mitu bestaunte das Gewusel um uns herum und hielt mein Lateinbuch in ihren Händen. Ich hatte den Eindruck, dass es deutlicher zu sehen war als Mitus übrige Gestalt. Schnell packte ich zu, bevor sich jemand Gedanken über fliegende Bücher machen konnte. Noch immer hatte ich keine Vorstellung, wie andere Leute Mitu wahrnahmen oder ob überhaupt. Immerhin trug sie ja auch meine – inzwischen ziemlich verschmutzte – Kleidung und niemand wunderte sich über gespenstig umhersegelnde Klamotten. Je näher ein Gegenstand ihr kam, desto mehr wurde er wohl von ihr absorbiert oder so ähnlich.

»Danke«, raunte ich ihr zu. Ihr Blick blieb leer. »Na, fürs Übersetzen«, flüsterte ich weiter. Sie sagte immer noch nichts, sondern wandte sich neugierig Chantal und Kiara zu, die über irgendetwas ganz schrecklich kichern mussten. Eifrig versuchte sie zu verstehen, rückte ein wenig näher, lauschte mit aufgerissenen Augen und grinste dann vor sich hin. Spannung und Neugier waren ihr ins Gesicht geschrieben. Wäre sie ein Hund gewesen, hätte sie nun vor Aufregung gehechelt und wäre wild umhergehüpft. Mein unwilliges Schnauben nahm sie gar nicht zur Kenntnis.

Ich war ein bisschen verstimmt, dass sie lieber bei

den anderen Mädchen lange Ohren machte, anstatt mit mir zu reden. Nun gut, sie hatte bisher kaum etwas gesagt, vorwiegend kuhäugig geguckt oder sich für den Quatsch der anderen interessiert, doch jetzt wäre mal eine gute Gelegenheit gewesen, Kontakt mit mir aufzunehmen. Immerhin hatte sie mir mit der Latein-Nachhilfe einen Gefallen getan, und das wäre ja ein prima Anlass gewesen. Aber vielleicht war sie eher der Typ, der solch wichtige Dinge in aller Ruhe und mit viel Zeit besprechen wollte – und die würden wir noch eine ganze Weile nicht haben.

Schon gar nicht in der Pause. Da gab es wirklich Wichtigeres zu tun. Ich wollte unbedingt bei den richtigen Mädels stehen. Da Klara meine Freundin und eines der »richtigen« Mädchen war, hatte ich gute Chancen. Nichts schlimmer, als wenn sich Tonja oder Nadine an mein Bein hängten. Die beiden waren sterbenslangweilig, sahen zum Heulen aus und bequatschten einen mit derartigem Stuss, dass das Ende der Pause eine Erlösung war.

Ich rannte fast zur Turnhalle, um ja nicht den Anschluss an Klara zu verpassen, als ein türkis-schwarz gestreiftes Monster vor mich trat. So breit wie der Weg, so hoch wie unser Glockenturm und so fies grinsend wie die Hexe im Knusperhäuschen. Alle anderen waren heil hier durchgekommen. Nur ich nicht. Seit ein paar Tagen hatte es dieses Monster, das Alba hieß – was ich sehr passend fand, denn sie war ein echter Albtraum – und zwei Klassen über mir war, auf mich abgesehen. Diese Alba – fett, mit hellblond gebleichten Haaren, die in alle Richtungen abstanden und ihr das Aussehen eines zerrupften Teigklumpens verliehen, mit tiefschwarz geschminkten Augen und zahlreichen Piercings an Nase, Augenbrauen und Lippen, die elefantenähnlichen Beine in dicke Strumpfhosen gezwängt, den kaum vorhandenen Rock mit einem so breiten Gürtel dekoriert, dass man nicht wusste, ob es ein Nierengurt oder der neueste Schrei war – diese Alba hatte auch Freundinnen, man sollte es kaum glauben, und die lauerten jetzt irgendwo und freuten sich schon auf die kommende Show. Alba war genauso strohdoof wie brutal und gemein. Zumindest mir gegenüber. Sonst hätte sie es nicht geschafft, mir letzte Woche mein Handy, zwei Mal mein Pausengeld, ein billiges, aber besonders schönes Armband und einen MP3-Player abzunehmen.

»Ganz schön eilig heute, hä?«

Mitu rumste von hinten in mich hinein, weil sie wieder mit ihren neugierigen Blicken irgendwo hängen geblieben war und nicht nach vorne geguckt hatte, und ich stolperte noch einen kleinen Schritt auf Alba zu. Einen kleinen, verhängnisvollen Schritt, der ihr die Gelegenheit gab, so richtig loszulegen.

»He, kannst du nicht aufpassen, du blöde kleine Tusse«, schrie sie voller Freude, einen Grund für ihre Attacke zu haben. Dabei hatte ich sie nicht einmal berührt.

Gott sei Dank, das Letzte, was ich wollte, war, dieses Ekel zu berühren.

»Rempelst hier unschuldige Mädels an, was?« Sie riss mir die Sporttasche aus der Hand. und ehe ich sie mir wieder schnappen konnte, zog sie den Reißverschluss auf und kippte den Inhalt zwischen uns auf den Weg.

Ungewaschene Sporthose, T-Shirt, Sportschuhe, ein kleines Handtuch und – Gott, war das peinlich – Deo und frische Wäsche. Triumphierend nahm sie den Slip, ein bequemes, unschönes Teil, und ich wünschte mich nur noch weit weg. Sie ließ das Ding mehrfach um ihren ausgestreckten, speckigen Zeigefinger kreisen und dann davonfliegen, worauf es in einem Busch hängen blieb. Nur zu gerne wäre ich auch mal kurz davongeflogen, doch leider stand ich immer noch da. Und leider auch nicht allein. Abgesehen von Alba und ihrer Gang hatte deren lautes Gekreische die Aufmerksamkeit einiger anderer Schüler geweckt. Aber kam vielleicht einer auf die Idee, mir zu helfen? Hatte nicht auch ich Freundinnen, die zu mir hielten? Gut, gegen Alba anzutreten, erforderte echt viel Mut. Das würde ich mir auch zehn Mal überlegen. Ich kratzte also die Reste meines Stolzes zusammen, holte mit einer Bewegung, die hoffentlich lässig aussah, den Slip aus den Zweigen und räumte meine Tasche wieder ein. Was machte es schon, dass die halbe Schule meine Wäsche gesehen hatte? Was machte es schon, dass Alba noch immer über mir thronte wie der Habicht über einem Kaninchen, was machte es schon, dass mein Sportzeug staubig geworden war?

Es war zum Heulen. Ich hatte nie gewusst, was es bedeutete, so gemobbt zu werden. Weiß der Himmel, warum Alba urplötzlich angefangen hatte, sich auf mich zu stürzen. Ich hatte ihr nun wirklich keinen Anlass gegeben, ich war ja nicht einmal der Typ dazu. Ich hatte viele Freunde und Freundinnen, war beliebt und trotzdem trampelte sie immer wieder auf mir herum, seit wir uns einmal im Bus begegnet waren und der Busfahrer sie gezwungen hatte, einer älteren Frau Platz zu machen. War es das gewesen? Alba konnte echt komisch reagieren, wenn sie der Meinung war, man hätte ihren Stolz verletzt oder ihr Unrecht angetan.

Vor lauter Alba-Kummer hatte ich sogar das zweite weibliche Ärgernis meines Daseins vergessen. Mitu. Sie hatte bewegungslos hinter mir gestanden und fasziniert die Szene beobachtet. Blöde Ziege, wenn schon meine Freundinnen mir nicht beistanden, so hätte mir ja wenigstens mein eigenes Spiegelbild helfen können, oder? Allerdings sah sie wütend aus. So richtig megawütend. Das wusste ich, weil ich genauso aussah, wenn ich sauer war. Sie fixierte Alba mit zusammengekniffenen Augen und war kurz davor, ihr ins Gesicht zu springen wie eine wütende Katze. Aber was konnte so ein Spiegelbild schon ausrichten, außer böse gucken?

Zu meinem Glück näherte sich jetzt eine Pausenaufsicht, sodass ich Alba einigermaßen ungeschoren entkam. Doch bevor sie ihren kolossalen Körper zur Seite schob, um mich durchzulassen, zischte sie mir noch zu: »Wir sehen uns im Bus. Ich freu mich schon.«

Das war aber auch wirklich ein beschissener Tag. Vor Erschöpfung und auch Scham, ich muss es zugeben, blieb ich einfach vor der Turnhalle sitzen, bis die Stunde anfing. Und weil ich so verzweifelt war, hatte ich auch weder Zeit noch Lust, mich mit Mitu zu unterhalten. Weder jetzt noch in der Umkleide, in der Mitu mit aufgerissenen Augen zuschaute, wie sich ein Mädchen nach dem anderen entblätterte, um sich dann wieder in eng anliegende Höschen und T-Shirts zu quetschen, und schon gar nicht während der eigentlichen Stunde. Ich hatte wenig Erfolg damit, sie auf die Zuschauerbank zu zwingen, dafür war ich zu beschäftigt. Also wanderte sie munter zwischen uns herum, machte Blödsinn und schien meine oder besser gesagt unsere Alba-Begegnung bereits vergessen zu haben.

In einem Augenblick hing sie wie ein nasser Sack am Stufenbarren und baumelte hilflos hin und her. Im nächsten drängte sie sich rücksichtslos zwischen die Warteschlange am Trampolin. Da! Ich hatte es geahnt! Sie war eine ganz fiese Nudel! Sie schubste doch tatsächlich Ferdi vom Trampolin, als er gerade zu einem wunderbaren Salto ansetzte. So etwas konnte sie von mir aus mit Oskar oder Timo machen, aber doch nicht mit Ferdi! Der war eigentlich ganz in Ordnung. War Mitu vielleicht genauso gemein wie Alba? Hatte ihr Albas Verhalten so gut gefallen, dass sie nun auch eine linke Ratte sein wollte?

Als Nächstes stellte sie sich in die Anlaufbahn zum Pferd, wo Klara gerade startete. Da! Schon wieder! Ich hatte genau gesehen, wie sie blitzschnell einen Fuß vorstellte, über den Klara prompt stolperte und mit einem empörten Aufschrei der Länge nach auf die Nase knallte. Eigentlich ein lustiger Anblick: Ich prustete leise vor mich hin. Aber halt! Klara war ja meine beste Freundin. Schnell eilte ich zu ihr.

»Alles o. k.?« Besorgt beugte ich mich über sie.

»Welcher Arsch war das!«, brüllte sie uncharmant. »Verdammt, wer hat mir ein Bein gestellt?«

Ich wollte ihr beim Aufstehen helfen, nachdem ich im Schnellcheck keine ernsthaften Verletzungen entdeckt hatte, doch sie schüttelte mich ab wie lästigen Staub.

»Oh Mann, jetzt guck dir mal meine Hose an.« Dort klaffte ein großes Loch direkt am Knie. Das sah irgendwie gar nicht gut aus für die Hose.

»Ein Loch«, stellte ich fachmännisch fest.

»Ja, ein Loch«, schrie mich Klara an, obwohl ich nun wirklich nichts dafür konnte. »Ist das alles, was du zu sagen hast? Ein Loch! Das ist meine beste Sporthose. Ganz neu und superteuer, verstehst du?«

Sie schaute mich wütend an und stand dann ohne meine Hilfe auf.

»Nee, verstehst du natürlich nicht. Überhaupt, wie bist du eigentlich heute drauf. Ich hätte schwören können, dass du in meiner Nähe warst, als ich gestolpert bin.« Ihr misstrauischer Blick verletzte mich. Ich würde ihr nie ein Bein stellen, echt. Sie war vielleicht manchmal eine Zicke, aber eine nette. Außerdem stellte ich prinzipiell keine Beine, schon gar nicht meiner besten Freundin.

»Also wirklich, ich war am Barren«, murmelte ich. Ich musste ihr ja nicht erklären, dass ich nicht komplett am Barren gewesen war, sondern nur zum Großteil.

»Schon gut, bist halt irgendwie merkwürdig heute. Aber wenn ich den Depp erwische, dann setzt's was«, grummelte sie. Ich wusste, dass sie sich mehr über ihren verletzten Stolz ärgerte als über die kaputte Hose. Das konnte man daran erkennen, dass sie nun hocherhobenen Hauptes zurück zum Anlaufpunkt ging, mit eleganten Schritten startete und einen derart vollkommenen Überschlag über das Pferd vollbrachte, dass man förmlich fühlte, wie das Universum vor Ehrfurcht erstarrte. Das war mal wieder der Beweis: Nur mit der richtigen Motivation kann man Höchstleistungen erreichen. Und Klara musste mit einem Supersprung die Superblamage ausbügeln, die ihr eben widerfahren war. Ich stellte mich ebenfalls in die Reihe und nahm mir vor, einen mindestens ebenso wunderbaren Überschlag zu machen. Schließlich war ich das Sportass von uns beiden.

Doch Mitu hatte andere Pläne. Anscheinend hatte sie von den fabelhaften Krankenhäusern gehört, die es hier in der Nähe gab, und wollte nun unbedingt eines kennenlernen. Einen anderen Grund wagte ich mir nicht vorzustellen für das, was sie nun tat: In dem Moment, als ich mit vorgestreckten Armen auf das Pferd zuflog, mitten im perfekten Absprung für meinen perfekten Überschlag, zog sie es um einen winzigen Millimeter nach vorn. Ich sah sie nur aus den Augenwinkeln, konnte meinen perfekten Schwung aber nicht mehr abbremsen, verfehlte das »verrückte« Pferd um Haaresbreite, rutschte an dem glatten Leder ab und stürzte hilflos wie eine angeschossene Tontaube darüber, neben die Matte, die ich leider ebenfalls um wenige Zentimeter verfehlt hatte.

Während ich verknotet am Boden lag, wurde mir eines klar: Die lateinische Eingabe konnte unmöglich von Mitu gekommen sein. Sie wollte mir eher an Ehre oder Leben, als mich aus einer peinlichen Latein-Situation herausboxen.

Aber es hätte schlimmer kommen können, immerhin ging ich lebend aus dem gemeinen Attentat hervor: Eine breite Schürfwunde am Kinn, zwei verknackste Handgelenke, einige blaue Flecken und ein höllisch schmerzender Knöchel. Ich würde noch einige Tage daran zu knabbern haben.

Als man mich zu einer Bank geschleppt und mit Kühlkissen und Verletzungsspray einigermaßen wiederbelebt hatte, war klar, dass für mich die Schule in den nächsten Tagen gelaufen war. Das war also das gute Ende von all dem Schrecken.

Herr Widmann, unser Sportlehrer, war außer sich.

»Die gesamte Klasse ist tollpatschig wie junge Hunde«, fluchte er. »Habt ihr nicht ordentlich gefrühstückt? Oder eben eine Klausur geschrieben? Ich habe noch nie erlebt, dass so viele Dummheiten in einer Stunde passiert sind.«

»Keine Dummheiten«, nuschelte ich. Mein Kiefer schmerzte höllisch. Wahrscheinlich würde er auch schön bunt werden. Danke, Mitu!

»Wenn du einigermaßen laufen kannst, wirst du jetzt nach Hause gehen. Oder soll ich jemanden anrufen? Wenn die Schmerzen schlimmer werden, gehst du bitte noch zum Arzt, klar?«, schnauzte er mich an.

Also, das war echt ungerecht. Herr Widmann, unser überaus sympathischer, gut aussehender Sportreferendar, den wir alle unendlich bewunderten und anbeteten, war wütend auf mich, Maja König, die ja nun überhaupt nichts verbrochen hatte. Außer einer Bruchlandung, die ihre selbstständig gewordene Verdopplung zu verantworten hatte, und zwar zu hundert Prozent. Ganz einfach, oder? Unerklärlich einfach.

Ich wählte den wirklich einfachen Weg: schweigen und sich in das harte Schicksal fügen.

»Danke, ist eh keiner zu Hause. Ich komm schon heim, keine Sorge.«

»Ich begleite dich, mir geht es ja auch nicht so besonders«, schmiss sich Klara ran.

»Das ist lieb von dir, aber ich glaube, ich brauche wirklich etwas Ruhe«, machte ich ihre Hoffnungen auf ein verfrühtes Schulende zunichte.

»Ey, was ist, wenn dir unterwegs übel wird. Oder schwindelig. Oder du orientierungslos durch die Stadt irrst und wir dich dann Tage später im Fluss finden.« Sie gab nicht so schnell auf. Ich aber auch nicht. Um nichts in der Welt wollte ich jetzt Klara als fürsorgliche Krankenpflegerin dabeihaben. Gestern, als die Welt noch in Ordnung gewesen war, wäre es das höchste Glück gewesen, lange vor Unterrichtsschluss gemeinsam mit Klara nach Hause zu gehen. Aber heute? Heute war alles anders.

Heute war Mitu in mein Leben getreten – oder besser gesagt, aus mir herausgetreten. Heute war Katastrophentag.

Auch Herr Widmann runzelte nun wieder besorgt die Stirn. Er war sich wohl nicht sicher, ob er mich überhaupt gehen lassen durfte.

»Also wirklich, ist doch noch alles dran. Mein Kopf ist in Ordnung, nur mein Kiefer wird blau.« Dramatisch wackelte ich mit dem Unterkiefer und fügte schnell hinzu: »Und jedes Wort tut weh, wirklich, ich kann kaum sprechen.« Ich hörte mich wahrhaftig an, als hätte man mir ein Brötchen zwischen die Zähne gequetscht. Das kam natürlich vom angeschlagenen Kiefer, aber auch von meiner Wut auf Mitu, die interessiert näher gekommen war und die Diskussion belauschte. Na warte, dachte ich, wir beide haben einen ganzen Hühnerstall zu rupfen.

Kapitel 3

Habe ich schon erwähnt, dass ich bereits bessere Tage erlebt hatte? Nun, mein Papsi bringt bei einer Unglückskette immer den Spruch an, dass der Teufel sich gerne auf dem größten Haufen erleichtert. Er sagt das natürlich nicht so vornehm. Ein passender Spruch, echt. So passend, dass ich mich kaum wunderte, dass zwei Haltestellen, bevor ich aussteigen musste, drei Gestalten in den Bus kamen, die ich jetzt gar nicht sehen wollte. Ich hatte Mitu gerade verklickert, dass ich im Moment keine vertraulichen Plaudereien zu führen gedachte, weil die Leute sich sicherlich über meine Selbstgespräche gewundert und womöglich sogar gelauscht hätten, was ich nun wirklich nicht wollte.

Ich erholte mich also gerade von den überstandenen Strapazen, indem ich aus dem Fenster starrte und Mitu ignorierte, die einem Fahrgast über die Schulter schaute, der ein peinliches Herrenmagazin las. Musste man so etwas in einem Bus lesen? Also wirklich.

Mein Schock hätte nicht größer sein können, als ich Alba und zwei ihrer grottenhässlichen Freundinnen an der Haltestelle sah. Die waren wohl schon wieder am Schuleschwänzen, denn für das offizielle Unterrichtsende war es noch zu früh. Natürlich entdeckten sie mich sofort und kamen schnurstracks auf mich zu. Gut, dass ausgerechnet neben, vor und hinter mir noch Plätze frei waren. Toll, dass sich hier nun die Weiber platzierten. Ich fühlte mich wirklich augenblicklich pudelwohl und hätte mich am liebsten in eine Fliege, eine Laus oder eine Ameise verwandelt, um dem Unausweichlichen zu entgehen. Warum nur war ich nicht gleich abgehauen? Oder mithilfe des kleinen roten Hämmerchens aus dem Busfenster gesprungen. Die waren doch für Notfälle da, und wenn das jetzt kein Notfall war, dann wusste ich auch nicht. Zu allem Überfluss hatte sich Mitu von ihrer interessanten Lektüre gelöst und stand nun lässig an den vorderen Sitz gelehnt.

Es waren nur noch zwei Haltestellen. Hilfe, es waren noch zwei Haltestellen! Wie sollte ich das überleben? Natürlich wusste ich, dass ich mich nicht kleiner machen konnte, als ich war, ich hatte es schließlich schon oft genug versucht. In der Schule, wenn ich meine Hausaufgaben vergessen hatte, oder im Zirkus, wenn ein Freiwilliger für die Messerwerfer gesucht wurde. Und dennoch gab ich mir auch jetzt wieder alle Mühe – vergeblich.

Drei der gemeinsten Mädchen aller Zeiten hatten mich umzingelt! Und Mitu hatte sich auch schon positioniert. Dabei konnte ich mich um die gerade wirklich nicht kümmern. Ich schaute wieder aus dem Fenster, als würde dort draußen irgendwo die Erlösung warten. Tja, draußen wäre sicherlich besser als hier drinnen. Doch da fuhr der Bus an, ein Entrinnen war nicht mehr möglich.

Plötzlich schrie Alba: »Was soll denn die Scheiße, Mann ey!«, und die Mädels, die bisher nur fies gelacht und sich gegenseitig geknufft hatten, wühlten nun plötzlich unter ihren Sitzen, wo der komplette Inhalt ihrer Taschen verstreut lag und sich bei jeder Bewegung des Busses weiter verteilte. Durch den Ruck des Anfahrens mussten ihre Taschen umgekippt sein. Oder? Mitu starrte nun ebenfalls aus dem Fenster.

»Oh Mann, mein Lippenstift!« Mädel Nummer zwei drängte sich durch den Bus nach vorne, wohin der Stift gerollt war. Dabei stolperte sie so ungeschickt über die prallen Einkaufstaschen einer Dame, dass sich deren Inhalt ebenfalls in den Durchgang des Busses ergoss und weiteres Durcheinander verursachte. Bald hingen fast alle Fahrgäste unter ihren Sitzen und versuchten, rollende, rutschende oder klebrige Dinge zu erhaschen und ihren Eigentümern zurückzugeben. Angesichts dieses Tumults konnte der arme Busfahrer nicht weiterfahren und musste am nächsten Halt eine längere Pause einlegen, die ich nutzte, um mich unbemerkt davonzustehlen. Eine Station zu früh.

Ich hätte ja sowieso noch ein Stückchen laufen müssen. Warum also nicht einfach einen längeren Spaziergang einlegen? Wenigstens konnte ich so den fiesen Weibern entwischen.

Also gingen wir nach Hause, mein merkwürdiges

doppeltes Spiegellottchen mit dem ausgeprägten Eigenleben und ich. Trotz des letzten Zwischenfalls, bei dem meine Schadenfreude voll auf ihre Kosten gekommen war, hatten sich in mir so viel Wut und so viel üble Laune angesammelt, dass ich jetzt die Gelegenheit nutzte und mir Mitu ordentlich zur Brust nahm. Was noch an Hemmungen und guter Erziehung übrig geblieben war, wurde von den Schmerzen in Kiefer, Knöchel und Seele vertrieben.

»Das war ja so was von daneben. Der ganze Tag ist absolut beknackt und ich möchte sofort, dass du wieder dahin verschwindest, wo du hergekommen bist. Für dich ist hier kein Platz.« Luft holen und weitermachen. »Ich dulde nicht, dass du – wer oder was du auch bist – einfach auftauchst, mein Leben noch komplizierter machst, als es eh schon ist, und dazu noch jede Menge Unfug anstellst und mich und meine Klassenkameraden verletzt. Ich dulde nicht, dass du mich lächerlich machst, meine Freunde vertreibst, meine Schulnoten versaust und . . .«

»Na, na, nun reg dich mal nicht auf Mädchen, das wird schon wieder.«

Es gab schon komische Zufälle in dieser Welt. Die gleiche ältere Frau, die uns heute früh so interessiert beim Einsteigen ins Auto beobachtet hatte, musterte mich nun mit einer Mischung aus Besorgnis und Belustigung. Ihr Hündchen war wohl nicht in Herkules' Krallen gelandet, denn es wartete brav neben ihr. Es war wirklich ein ganz besonders goldiges Kerlchen, das mich nun freudig von unten herauf anhechelte.

Ohne es zu merken, hatte ich mich in die Warteschlange in einer Bäckerei eingereiht, offensichtlich in der Absicht, eine heiße Laugenstange zu erstehen. Schon wieder Mitu. Jetzt schaffte sie es sogar, mich zum Kauf von Gebäck zu bringen, das sie als transparentes Spiegeldingens doch garantiert nicht essen konnte. Wie konnte man angesichts des heutigen Elends auch nur ans Essen denken! Ich hatte ja nicht einmal Hunger. Oder doch? Moment, mein Magen knurrte. Ich hatte sogar Riesenhunger! Vor lauter Zorn hatte ich meinen armen Magen vergessen! Ich blieb also in der Reihe stehen und musterte die besorgte Dame vor mir mit bösem Blick.

»Kümmern Sie sich um Ihren eigenen Kram«, knurrte ich. Das war nicht sehr freundlich und eigentlich gar nicht meine Art, doch es kam mir einfach so über die Lippen und deshalb machte ich Mitu dafür verantwortlich. Schnell schlug ich mir mit der Hand auf den Mund.

»Tut mir leid«, stotterte ich verlegen, »ich war nicht so ganz bei der Sache, total in Gedanken.« Dieses Mal traf mein böser Blick nicht die Dame, sondern Mitu, die gelassen die Auslagen studierte. Sie fühlte sich wohl sehr sicher, wie sie da in meinem Leben herumpfuschte.

»Ich möchte mich in der Tat nicht um deinen Kram kümmern müssen«, meinte die freundliche Frau und wandte sich dem Verkäufer zu, der schon auf ihre

Wünsche wartete. Hatte sie nicht ungewöhnlich deutlich zu der Stelle geschaut, an der Mitu stand? Nun bildete ich mir auch noch sinnloses Zeug ein. Ich schüttelte den Kopf über mich selbst.

Kaum hatte ich meine Laugenstange glücklich in der Hand und die Bäckerei hinter mir gelassen, fuhr ich fort, auf Mitu einzuhacken.

»So, nun wieder zu dir. Untersteh dich, mir in Zukunft Worte in den Mund zu legen, die ich gar nicht sagen möchte. Es ist schwierig genug, immer das Richtige zu sagen, da brauche ich deine komischen Einfälle nicht auch noch. Ich spreche, denke und handle ohne deine Einmischung, ist das klar?«

»Aber ich bin da und damit solltest du dich abfinden«, säuselte es in meinem Kopf. Da war es wieder! Wie heute früh in Caros Auto. Deutliche, an mich gerichtete Worte!

Anstatt mich zu freuen, dass ich tatsächlich mit ihr sprechen konnte, verschluckte ich mich vor Schreck an einem enormen Bissen der krustigen Laugenstange. Die Krümel flogen meterweit aus meinem Mund, ich hustete und röchelte, der Speichel tropfte aus meinen Mundwinkeln. Ein ekliger Brechreiz ließ mich abwechselnd würgen und japsen wie ein altersschwaches Pferd.

»Also wirklich, jetzt ist gut. Du gehst am besten schnell nach Hause. Soll ich jemanden für dich anrufen?«, ertönte da die Stimme der freundlichen Dame – schon wieder. Verfolgte die mich oder was?

»Es ist nichts«, keuchte ich mit letzter Kraft, »gar nichts, wirklich. Und ich bin auf dem Weg nach Hause.«

»Vielleicht einen Arzt? Ich kenne hier einen guten, nur ein paar Häuser weiter!«

»Nein, wirklich, vielen Dank.« Der Hustenreiz ließ endlich nach, das Bedürfnis, auf die Straße zu kotzen, allerdings nicht. Wie eine betrunkene Pennerin stützte ich mich mit einer Hand an eine Straßenlaterne und erbrach in widerlichem Schwall Frühstück, Pausensnack und Laugenstückchen vor die Füße der hilfsbereiten Frau. Ihr Hund wich – noch immer schwanzwedelnd – ein wenig zurück und legte sein Köpfchen fragend auf die Seite. Vermutlich hatte ihm noch nie jemand direkt vor die Schnauze gespuckt und Frauchen war wohl das letzte Mal so freundlich zu einem wildfremden Mädchen gewesen.

»Jetzt reicht es aber«, verkündete sie energisch und reichte mir ein Taschentuch. »Ich hatte das als junges Mädchen auch immer. Blutarmut, Wachstum, Hormone, alles kommt zusammen und durcheinander. Ich bringe euch, äh, dich jetzt nach Hause. Straße?«

»Münsterer 44«, murmelte ich kraftlos.

»Jemand daheim?«

»Nee, um die Zeit doch nicht.«

»Gut, dann legst du dich mal in die Badewanne, machst dir einen Tee und dann ab aufs Sofa. Und der Rest«, sie blickte hinter sich, wo ich Mitu vermutete, »tja, der Rest wird sich auch noch irgendwie klären.«

Sie hakte sich bei mir unter und zog mich in Richtung Heimat. Wer hätte gedacht, dass es heutzutage noch solche Menschen gab? Wo sich doch schon die eigenen Spiegelbilder bösartig und abtrünnig verhielten ... Tat irgendwie gut, der Gedanke, dass die Welt nicht vollkommen verloren war.

Mitu dagegen, die hinter uns herschlenderte und wieder mal unbeteiligt tat, war das Gegenteil von wohligen Gefühlen und positiven Zukunftsaussichten. Mitu war der schwarze Schatten meines Daseins. Meine persönliche Prüfung, meine Bürde, meine Qual. Hätte sie mir nicht einfach nur helfen können? So wie vorhin im Bus? Wenn es darum ging, Beine zu stellen und Taschen umzuschubsen, war sie schließlich auch sofort zur Stelle.

»Welch Sauerei du aber auch anstellen kannst«, wisperte es blasiert. »Wer hätte das gedacht.«

»Klappe«, schnauzte ich nach innen. »Schließlich bist du schuld an dem ganzen Unglück. Wieso sprichst du plötzlich mit mir? Du solltest doch einfach nur verschwinden!«

»Mach ich aber nicht. Es ist gar nicht so schlecht hier. Gefällt mir eigentlich ganz gut. Wenn du nur nicht so langweilig und empfindlich wärst.«

»Du gehörst in mich rein, irgendwie jedenfalls, also verzieh dich wieder nach dahin, wo du hergekommen bist.«

»Mach ich nicht, wie gesagt. Erstens gehöre ich zu dir

und zweitens: Wenn ich schon einmal hier bin, dann möchte ich das auch genießen. Spaß haben. Du kannst dich ruhig mit mir abfinden. Dann können wir uns beide so richtig amüsieren.«

»Und das tue ich eben nicht!« Ohne es zu merken, hatte ich laut gerufen.

Mitu kümmerte sich nicht weiter um mich, sondern verschwand hinter dem Gartentor unseres Hauses. Die freundliche Dame registrierte das »Klipp-klapp« des Tores mit hochgezogenen Brauen.

»Ja, du solltest dich deinen, äh, Problemen stellen, Kind, und Klarheit schaffen«, stellte sie fest. Gütiger, die Alte hatte Sätze drauf wie ein chinesischer Glückskeks. Ich nickte nur unglücklich. Es war ja ganz und gar sinnlos, ihr etwas über die Fähigkeiten unsichtbarer Spiegelbilder zu erzählen. Mitu, die überfreundliche Dame und Alba mit ihrer Gang gingen mir auf die Nerven, mein Magen hing am Boden und wahrscheinlich war die Bettidee gar nicht so schlecht. Ich würde aufwachen und alles würde wieder normal sein.

»Vielen Dank fürs Herbringen«, sagte ich artig und streckte der Dame die Hand entgegen. Schnell zog ich sie wieder zurück, Spucke-Gestank klebte daran und verlangte eindeutig nach einer Intensivwäsche.

»Tut mir leid«, murmelte ich noch.

»Helga!«, rief sie mir nach. »Helga Bombach. Mausi und ich würden uns freuen, wenn wir uns mal wiedersehen!«

Mausi, so, so. Man konnte doch keinen Hund, auch nicht so einen kleinen und süßen, Mausi nennen.

Nein, Frau Bombach, ich werde Sie nur über meine Leiche wiedersehen, wollte ich schon sagen, doch dann nickte ich einfach unverbindlich. Fehlte noch, dass eine gelangweilte Alte einen Narren an mir fraß und sich um mich kümmern wollte. Ich brauchte keinen Babysitter mehr. Mit zwölf, fast dreizehn, also wirklich.

Verfolgt von dem scharfen Blick meiner Beschützerin schleppte ich mich ins Haus. Jacke, Schuhe, Rucksack, alles bildete eine Spur bis zum Sofa, auf dem ich völlig geschafft niedersank. Herkules sauste wie von einem Wolfsrudel verfolgt an mir vorbei in den Keller, vertrieben von Mitu, die bereits in Papas Lieblings-Fernsehsessel saß und die Fernbedienung unseres nagelneuen Flachbild-Computer-Kombi-Design-Gerätes malträtierte.

Ich war das erste Mal seit langer Zeit versucht, meine Mutter anzurufen, denn mal im Ernst, was heute geschehen war, war eindeutig zu viel für mich.

Seit sie mit Vinci ausgezogen war, hatten wir nur noch Wochenend-Kontakt – oder gar keinen. Auf eine Besuchszeitenregelung hatten meine Eltern verzichtet, ich konnte zu ihr, wann immer ich wollte, sie wohnte ja nicht aus der Welt. Aber wann bitte konnte ich schon unter der Woche? Bei meinem Schul-, Hausaufgaben-, Sport- und Musikprogramm?

Nur Vince kam regelmäßig jedes zweite Wochenende. Ich genoss diese beiden Tage immer, denn er war eine fürchterlich goldige Nervensäge. Und wenn er sich nachts in mein Bett kuschelte oder – noch besser – er schon in meinem Bett lag, wenn ich schlafen ging, dann wusste ich wieder, wie schön es gewesen war, so als Familie mit Papa, Mama, Vince und mir.

Dass es nie wieder so sein würde, daran hatte ich schon heftig zu knabbern gehabt. Alles klar, Mama und Papa wollten nicht mehr zusammenwohnen und gestritten wurde jetzt auch nicht mehr so viel. Aber jetzt, gerade in diesem Moment, hätte ich gerne eine Familie in Person meiner Mom, die mich umsorgen, mir Tee kochen, vielleicht eine Wärmflasche bringen würde, die ich fluchend und schimpfend wieder von mir gestoßen hätte, weil ich die Hitze nicht ertragen konnte. Ja, eine richtige Mama wäre jetzt fein. Eine, der ich von Alba erzählen konnte. Eine, die mit mir über die ganze bedrohliche Weiberbande schimpfen würde, die Alba auflauern und ihr mal gehörig die Meinung geigen würde. Eine, der ich von Mitu erzählen könnte. Na ja, das wohl eher nicht. Über Mitu, das Spiegelwesen, das Unglücksweib, das sich gerade im Haus nach einer neuen Beschäftigung umsah, nein, über Mitu konnte ich mit keinem sprechen.

Ich sah ihre transparente Gestalt durch die Zimmer huschen und alles untersuchen. Jede Art von Technik schien sie zu faszinieren. Ebenso allerdings jede Art von Lebensmittel.

»Was, zum Teufel, machst du hier?«, stammelte ich fassungslos, als ich mich in die Küche geschleppt hatte, um mir meinen armseligen Tee selbst zu kochen.

»Ich probiere«, säuselte sie windähnlich und mit einem zufriedenen Gesichtsausdruck.

»Wie kannst du probieren, wenn du nichts essen kannst?«, fragte ich verblüfft.

»Essen nicht, aber riechen, kosten, lecken, fühlen – probieren und genießen.« Sie steckte ihren Schattenfinger in das Nusscremeglas, rieb die Masse zwischen den Fingern, roch daran und berührte sie schließlich mit spitzer Zunge. »Was würde ich dafür geben, mir damit den Bauch vollschlagen zu können«, schmatzte sie genüsslich.

»Und was würde ich dafür geben, wenn du hier einfach wieder verschwinden würdest«, konterte ich genervt.

»Es ist himmlisch«, seufzte sie und schnupperte an der Erdnussbutter.

»Es ist die Hölle«, knurrte ich. »Würdest du die Sachen vielleicht wieder aufräumen, die du hier herausgezerrt hast?«

»Ich weiß doch gar nicht, wo die hingehören.« Mitu klapperte unschuldig mit den Lidern. »Ich würde ja alles durcheinanderbringen.«

»Du hast schon alles durcheinandergebracht. Und zwar nicht nur die Küche, sondern auch mich!«, schimpfte ich lauthals. »Wenn man etwas benutzt, stellt man es am besten gleich wieder an die Stelle zurück, von der man es genommen hat.«

»Ooh, ach so, na ja. Jetzt steht aber so viel herum, ich weiß wirklich nicht mehr genau . . .!« Sie spielte die Ratlose und schaute sich achselzuckend im Chaos um.

Meine Teebeutel entdeckte ich zwischen Butterdose, Schinkennudeln vom Vortag und aufgerissenen Katzendöschen gestapelt auf der Herdplatte, die gerade dabei war, heiß zu werden. Meine Lieblingstasse lag zerbrochen am Boden, Papas Kaffeebecher stand gefährlich nahe am Rand des Geschirrregals und zwei Löffel waren in Herkules' Milchschälchen gelandet, das natürlich übergeschwappt war. Ich nahm widerwillig Moms alten Teebecher, füllte den Wasserkocher auf und kramte in der Besenkammer nach dem verschollenen Handbesen.

»Hier.« Ich deutete auf Kehrschaufel und Besen. »Sauber machen.«

»Fein.« Sie kehrte die Scherben zusammen und schüttete sie in das Spülbecken.

»Nicht fein. Hier ist der Müll.« Ungerührt öffnete ich den Unterschrank mit den Putzmitteln und den vier verschiedenen Mülleimern.

»Ach, das ist ja wirklich interessant . . .« Anstatt weiter aufzuräumen, begann sie nun, die Putzmittel und Lappen zu untersuchen. Schwämme und Topfkratzer hatten es ihr besonders angetan. Sie zupfte, fühlte, knetete mit einer Hingabe, die mich erstaunte und zum Wahnsinn trieb. Wie ein zweijähriges Kleinkind öffnete sie systematisch jede Tube, jeden Tiegel, den sie finden konnte. Und wie jedes Kleinkind scheiterte sie an den Sicherheitsverschlüssen der Kunststoffflaschen.

Schadenfroh beobachtete ich ihre Bemühungen. Mit zusammengebissenen Zähnen fummelte, zog und zerrte sie an den Deckeln. Als sie sich mit den Zähnen am Rohrreiniger zu schaffen machte, riss ich ihr die Flasche aus der Hand. Wer wusste schon, ob sie mich nicht gleich mitvergiften würde, wenn sie das Zeugs in den Mund bekam.

»Lass das, das ist giftig«, belehrte ich sie.

»Mach es auf«, forderte sie ärgerlich.

»Im Leben nicht. Endlich weiß ich, weshalb es Sicherheitsverschlüsse gibt. Wegen solcher Geister wie dir.«

»Ich bin kein Geist«, erwiderte Mitu beleidigt.

»Was dann? Du siehst aus wie ein Geist, du bewegst dich wie ein Geist und erschreckst die Leute und machst Blödsinn wie ein Plagegeist. Also?«

»Ich bin kein Geist. Es gibt keine Geister! Es mag Schutzengel und gute Seelen von Verstorbenen geben, doch so richtige Geister – wirklich nicht.«

»Ein Schutzengel bist du bestimmt nicht, denn die würden keine Leute zu Tode erschrecken und schon gar nicht Mädchen beim Turnen schubsen, und eine gute Seele würde auch nicht so ein Chaos veranstalten und sich dann vor dem Aufräumen drücken«, brüllte ich sie an.

»Maja, alles in Ordnung?« Plötzlich stand Papa in der Küche. Kein Wunder, dass ich bei meinem Geschrei nicht gehört hatte, wie er ins Haus gekommen war. Mein Gesicht rötete sich deutlich, während Mitu sichtlich verblasste, als würde man ein Bild nachlässig ausradieren.

»Gütiger Himmel, wie sieht es denn hier aus! Und was brüllst du so herum?« Sein rastloser Blick flog über die offenen Türen und Schubladen der Küchenschränke und blieb schließlich fordernd an mir hängen. Ein unangenehmer Blick, der Erklärungen verlangte. Und zwar sofort.

»Äh, ach, es ist nichts«, stammelte ich verwirrt. Natürlich hatte sich Mitu bereits aus dem Staub gemacht, die feige Ziege.

»Suchst du vielleicht etwas?« Papa kniff misstrauisch die Augen zusammen, während er versuchte, irgendeine Logik in dem Durcheinander festzustellen. Wir waren beide nicht sehr ordentlich, doch in der Küche achtete Papsi schon auf eine gewisse Sauberkeit. Davon war nicht mehr viel übrig.

»Ich habe, äh, den Tee nicht gefunden.« Verlegen machte ich mich ans Aufräumen. Unvorstellbar, wie viele Dosen, Gläser, Konserven und Nudelpackungen wir gebunkert hatten. Ein ganzes Dorf hätte damit locker über den Winter kommen können.

»Die Schule hat mich angerufen und gemeint, du hättest einen Unfall gehabt. Da wollte ich mal lieber nach dir schauen. War keine so schlechte Idee, hm?«

»Ach, nö, danke, weißt du, ich komm schon zurecht.«

»Ja, das tust du wohl, wie man sieht. Trotzdem, ich arbeite heute lieber von zu Hause aus.«

Das war mir nun wirklich nicht recht. Solange diese Mitu-Erscheinung hier herumgeisterte, störte Papa nur. Andererseits – wäre sie nicht hier gewesen, hätte ich gejubelt bei der Aussicht, einen Nachmittag mit ihm zu verbringen. Hilflos wand ich mich unter seinen gestrengen Augen.

»Aber Papsi, das ist wirklich nicht nötig.«

»Genau, aber es ist besser. Du siehst mitgenommen aus und du riechst, wenn ich das mal sagen darf, eklig. Irgendwie krank.«

»Das kommt vom Kotzen, ich habe mich schrecklich verschluckt und dann, na ja . . . Ich geh mal duschen.«

»Und danach schau ich mir deine Prellungen an, du hast lila Flecken wie die Milka-Kuh!«, stellte er fest.

Lieber Himmel, Milka-Kuh. Ich musste unbedingt in einen Spiegel schauen, das war mir ja alles ganz schön peinlich.

Ich machte den Abgang. War vielleicht besser so, einfach gehen und nicht weiterreden. Also ließ ich ihn inmitten der chaotischen Küche, des ungekochten Tees und seiner offensichtlichen Sorgen um mich einfach stehen und floh ins Badezimmer.

Kapitel 4

Als ich eine knappe Stunde später wieder auftauchte, ging es mir besser. Das Wasser hatte nicht nur den Gestank vertrieben, sondern auch meinen geschundenen Gliedern gutgetan. Ich würde trotzdem einen dicken Knöchel und einige unschöne blaue Flecken behalten.

Im Wohnzimmer fand ich Papa, der mit verkniffenem Gesicht Dinge hin und her schleppte.

»Haben wir eine Salbe für so was?« Anklagend hielt ich meinen dicken, leuchtend blauen Knöchel hoch.

»Wir haben Salbe im Badezimmer und eine Abmachung, was die Ordnung betrifft. Ich räume hier nur auf, weil es dir schlecht geht. Aber Krankheit ist kein Grund, gegen alle Regeln zu verstoßen und am hellen Mittag die Chipstüte auf dem Sofa auszuschütten, dem Fernseher durch Dauerzappen den Garaus zu machen und alle Decken herumzuwerfen.« Genervt versuchte er, einen Stapel Stoff zu entwirren.

»Ist klar, Papsi«, antwortete ich zerknirscht. »Muss mir wohl runtergefallen sein.«

»Ich hole jetzt die Salbe und am besten schmieren wir dich von oben bis unten ein, verdammtes Chaos ist das hier.« Er stieß mit dem Fuß ein Kissen zur Seite.

Mitu hatte volle Arbeit geleistet. Immer schön hinter

Papas Rücken. Unser Haus ist ja nicht groß, doch es gibt jede Menge Möglichkeiten, unbemerkt Unfug anzustellen. Sicher nutzte Mitu gerade wieder eine davon. Doch ich war zu schwach, um mich darum zu kümmern. Das Mädel war ein Tornado, ein Chaosteufel und ich ein fußkrankes Opferlamm, was sollte ich dagegen ausrichten?

»Hier, dein Tee. Trink, bevor er kalt wird.« Als Papsi mit Tee und Salbe zurückkam, war er trotzdem nicht so richtig sauer. Ich an seiner Stelle wäre geplatzt, wirklich. Aber wahrscheinlich war seine Sorge um mich stärker als der Unmut über mein oder besser gesagt Mitus Benehmen.

Er stellte die Tasse fein säuberlich auf einen Untersetzer, eine Mühe, die er sich normalerweise nicht machte. Dann sammelte er seine Gedanken, betrachtete mich besorgt und eröffnete das Interview:

»Ich habe einen Anruf von Frau Meindel bekommen, sie war sehr besorgt.« Frau Meindel, unsere Schulleiterin, war mit diesem Anruf wohl irgendwelchen Sorgfaltspflichten nachgekommen. Wenn sie sich persönlich einmischte, bedeutete das für die Eltern allerhöchste Alarmstufe.

»Na ja, ist ja nichts passiert«, nuschelte ich. Ein dicker Klecks Salbe landete auf meinem Knöchel. Ich zuckte zurück. Selbst die Berührung mit einer Feder wäre mir unerträglich gewesen. Doch Papa umklammerte meinen Fuß mit eisenhartem Griff und schmierte vorsichtig Zehen, Fuß, Knöchel, die halbe Wade, meine Klamotten und einen Teil des Sofas ein.

»Erzähl schon«, bohrte er weiter. »Also ich meine, man muss ja ganz schön daneben sein, wenn man bei einem Handstand-Überschlag am Pferd vorbeispringt.«

»Möglich, dass ich nicht so richtig bei der Sache war. Aber nicht völlig daneben. Alle waren irgendwie komisch.«

Das Alle-tun-dies-oder-alle-haben-das-Argument zog bei meinen Eltern zwar nicht wirklich, verunsicherte sie aber doch gehörig. Wenn alle fünf Euro Essensgeld und nicht nur drei Euro und fünfzig Cent bekamen, dann brachte das Papsi schon zum Nachdenken. Oder wenn alle zur Übernachtungsparty durften und ich nicht, war das alles andere als fair.

»Da stellt sich natürlich die Frage, warum das so war. Gab es Ärger? Frau Meindel deutete an, auch deine anderen Lehrer hätten festgestellt, dass du nicht so recht bei der Sache warst.«

Der Druck seiner Finger wurde stärker. »Ärger in der Schule«, das war ein absolutes No-go, etwas, das Papsi sofort zu hysterischen Maßnahmen veranlasste. Zum Beispiel ein Schulgespräch, Nachhilfegruppen oder Computerverbot. Ich musste nicht einmal lügen, um Papa zu beruhigen und mich vor solch drastischen Schritten zu bewahren.

»Quatsch, es ist nichts. Im Sport sind alle reihenweise

gestolpert, gestürzt oder wie bekloppt herumgeschwankt. Irgendeine atmosphärische Störung vielleicht.«

Jetzt bekam ich einen dicken Verband um den Knöchel gewickelt. Ich war fast schon wieder fit für einen Hundertmeterlauf.

»Verulken kann ich mich selbst. Mir ist auch aufgefallen, dass du heute früh ein wenig zerstreut warst. Ruh dich jetzt einfach mal aus. Später schauen wir, ob du noch zum Arzt musst. Und Schule ist für diese Woche kein Thema mehr, klar?« Er wandte sich ab, drehte sich aber noch einmal zu mir um. Sein Grinsen war geradezu unverschämt.

»Außerdem bin ich mir sicher, dass du für mindestens eine Woche nicht aus dem Haus gehen wirst, so wie du aussiehst.«

Ja, so ein treusorgender Vater ist schon klasse. Trotz alledem fühlte ich mich schon bedeutend besser. Geduscht, mit Tee versorgt, wohlig in eine Decke gehüllt, den schmerzenden Fuß hochgebettet, wunderbar.

Wenn nur nicht diese nagende Ungewissheit gewesen wäre, was Mitu gerade wieder anstellte und was zum Teufel sie überhaupt hier verloren hatte!

Minuten später hatte ich eine Erscheinung. Ich war gerade angenehm weggedämmert, als mich ein Lufthauch streifte. Meine aufgerissenen Augen blieben an einer Gestalt hängen, die jeder Beschreibung spottete: Silbernes Lametta im Haar, eine kitschig goldbedruckte Weihnachtstischdecke als Umhang, Mamas Achtziger-Jahre-Nuttenstiefel, Glitzerhemdchen und Omas handbestickte Pailletten-Opernhandtasche schwebten durch den Raum. Ich prustete, ich keuchte, ich war in Sekundenschnelle blitzwach. Mitu hatte die Kiste mit der Weihnachtsdekoration entdeckt. Und Mamas Uraltkoffer mit den unmöglichen, aber auf keinen Fall wegwerfbaren Klamotten ebenfalls. Was im Klartext hieß, dass sie im hintersten Eck des Heizungskellers gewühlt hatte. Ich wollte mir nicht vorstellen, wie es jetzt dort aussah oder was ich auf dem Weg in Richtung Keller vorfinden würde! Blieb nur zu hoffen, dass sie Papas Hobbykeller noch nicht entdeckt hatte.

Mitu hielt in ihrem Weihnachtstanz inne – ihre Augen blitzten erwartungsvoll. »Hobbykeller!«, säuselte es sanft in meinem Kopf.

Oh nein, ich hatte vergessen, den Anti-Mitu-Konzentrationsschutz einzustellen. Wenn ich »Hobbykeller« dachte und nicht achtgab, dann hatte Mitu vollen Zugriff auf »Hobbykeller« und meine damit verbundenen Befürchtungen.

Mitu entschwebte und ich sank kraftlos auf mein Sofa zurück. Wer hatte schon ahnen können, dass solch ein Teufelsweib in mir steckte.

Aber halt! Wenn ich mich nicht irrte, werkelte Papa gerade in seinem Keller, glücklich über ein paar ruhige Minuten, die mein Unfall ihm geschenkt hatte. Sollte ich mich jetzt also erheben und mich schützend zwischen Papsi und Mitu werfen oder den Dingen ihren Lauf lassen? Die Schwerkraft siegte und ich ließ meinen schlaffen Körper auf dem Sofa liegen. Wenn Mitu eine längerfristige Erscheinung war, würde es sowieso irgendwann einmal zwischen den beiden knallen. Mit mir als Dämmung dazwischen. Noch bevor ich fertig gedacht hatte, ertönte demonstratives Gepolter auf der Treppe. Ups, es war schon passiert. Sehr viel tiefer konnte ich nicht in meine Kuscheldecke kriechen, probierte es aber trotzdem.

»Was denkst du dir eigentlich dabei, mich so zu erschrecken!«, bellte mein liebster Lieblingspapsi.

Ich rutschte wieder ein wenig hoch, um einen Blick in sein gerötetes Gesicht zu werfen. Mist, die Röte kam vom Zorn, nicht vom schnell mal die Treppe hochsausen. In seinen geballten Fäusten glitzerte Lametta, das er jetzt anklagend hochhielt.

»Ich war's nicht«, stellte ich vorsichtig richtig.

»Du schleichst im Keller herum, versteckst dich hinter Türen, reißt Kartons auf und verstreust Lametta im ganzen Haus! Du bist doch kein Kleinkind, das man ständig beaufsichtigen muss!«

»Kleinkinder würden sich gar nicht in den Keller trauen«, wagte ich den Widerspruch.

»Du hast dich heute genug über mich lustig gemacht, junge Dame!«, tobte Papa. »Du verschwindest sofort in deinem Zimmer. Da es dir anscheinend gut genug geht, um im Haus herumzugeistern, kann ich ja wieder ins Büro fahren. Guten Tag!« Mit einer erbosten, ziemlich wirkungsvollen Geste schleuderte er das Lametta auf meine Kuscheldecke und stampfte aus dem Wohnzimmer. Mir blieb nur der Rückzug. Papsi würde sich wieder beruhigen, ganz klar, aber so wie es aussah, würde er in absehbarer Zeit noch viele unliebsame Überraschungen erleben. Wenn er jetzt seinen Hobbykeller freigab, konnte ich für nichts garantieren. Ich raffte meine Decke und einen Packen Zeitschriften in die eine Hand, Teetasse und Thermoskanne in die andere und schlich zur Treppe.

»Vergiss nicht aufzuräumen. Lametta möchte ich erst wieder an Weihnachten sehen!«, rief mir Papa noch nach, bevor er mit lautem Knall durch die Haustür verschwand.

Ja, ja, schon gut, wer bitte ertrug Lametta im schönsten Frühsommer? Schon zu Weihnachten war es ja grenzwertig, doch jetzt? Die Vögel sangen, die Bäume sprießten und das Lametta glitzerte? Anstatt Mitu zu suchen und ihr die Ohren lang zu ziehen, verdrückte ich mich wirklich in mein Zimmer, fiel auf mein Bett und versank im heilsamen Schlaf.

Irgendwann später hinkte ich mühsam durchs ganze Haus, räumte Kartons ein, saugte und ordnete, spülte und beseitigte Sauereien, die eine ganze Bande ägyptischer Steppenpaviane nicht besser hinbekommen hätte, und versuchte, Herkules mit Leckerlis unter Papas Bett hervorzulocken.

Ich fragte mich wirklich, was Mitu dazu bewog, all unsere Schränke auszuräumen, Toaster auf den Kopf zu stellen oder eine Packung Waschmittel auf dem Boden auszustreuen. Nun war sie mir offensichtlich nicht wohlgesinnt, doch was hatte sie davon, das Haus von oben bis unten zu verwüsten? War das ihre Art der Rache? Doch wofür? War es Wut? Worauf? Ich hatte doch wohl eher tausend Gründe, auf sie wütend zu sein. Ich hatte ihr schließlich nichts getan, wohingegen sie ...

Und war sie nicht aus meinem Spiegelbild erschienen? Wir müssten uns doch mehr als ähnlich sein? Nur fand ich beim besten Willen überhaupt kein Krümelchen Lust in mir, mein Haus zu verwüsten. Überhaupt machte ich Dinge nicht gerne kaputt, sondern hortete sie lieber säuberlich geordnet in hübschen Döschen, Schachteln oder Ordnern. Es interessierte mich herzlich wenig, wie ein Toaster von innen aussah, und es war mir völlig schnurz, woher das Wasser der Toilettenspülung kam. Hauptsache, die Dinge funktionierten und erfüllten ihren Zweck. Mitu und ich, wir sahen vielleicht gleich aus, doch wir waren grundverschieden.

Das Plärren des Fernsehers lotste mich in Richtung Wohnzimmer. Wie durch ein Wunder funktionierte das Gerät wieder und Mitu hatte sich prompt auf dem Sofa eingefunden. Ich tippte darauf, dass Papsi neue Batterien in die Fernbedienung eingelegt hatte. Nett von ihm, daran zu denken.

Im Schoß hielt sie eine Packung Eiscreme, in der sie

genüsslich so lange mit ihrem Zeigefinger gerührt hatte, bis eine schleimig-cremige Masse entstanden war. Angeekelt schaute ich zu. Nie wieder würde ich Schwarzwälder-Kirsch-Eis essen können, ohne Mitus verschmierten Finger vor Augen zu haben. Ich dachte ein kurzes, aber scharfes »Das ist ja echt widerlich« und ging in die Küche, um die Ferkelei zu beseitigen, die sie vermutlich mit Kühl- und Eisschrank angerichtet hatte.

Zwei Tüten ehemals gefrorener, jetzt matschiger Nahrungsmittel flogen in den Müll. Moms gesamte liebevolle Bevorratung für die verlassene Tochter am Rande des Hungertodes: mikrowellenfertig eingeschweißte Rouladen, Berge von Gulasch und Gemüsesuppen, Brötchen in rauen Mengen und natürlich Eiscreme für eine ganze Bevölkerungsrandgruppe. Papa würde den blitzblanken Gefrierschrank wohl eher bestaunen als bewundern, doch das matschige Zeugs konnte ich ja schlecht wieder einfrieren und übermorgen genussvoll verspeisen.

Bewaffnet mit einem aufgetauten, dick mit Nutella beschmierten Gummi-Brötchen, Apfelschorle und einer ziemlich üblen Laune schmiss ich mich neben Mitu aufs Sofa. Sie beglotzte tumb eine Nachmittagsserie, ihrem verschwommenen, schattengleichen Gesicht konnte ich entnehmen, dass sie weder Bahnhof noch spanische Dörfer verstand. Logisch, die Serie zog seit rund fünf Jahren jeden Tag Millionen Menschen in ihren Bann und befand sich im Stadium eines undurchdringbaren Geflechts von Personen und Handlungen, das man nur mit dem plötzlichen Tod von mindestens fünfzig Hauptdarstellern auflösen konnte. Mitu war chancenlos. Ich hätte sie zumindest teilweise aufklären können, doch was brachte das?

Die Gelegenheit war günstig, Mitu so richtig anzugaffen. Wie sie da auf dem Sofa saß, in einem meiner alten Nachthemden, mit halb geöffnetem Mund und gespannt aufgerissenen Augen. Wir glichen uns wirklich wie ein Ei dem anderen. Meine Zwillingsschwester, mein Zwillingsbild zumindest. Nun ja, bei dem Unsinn, den sie anrichtete, würde sie eher als meine rotzige fünfjährige Schwester durchgehen, die mir unheimlich ähnlich sah.

Auch das rosaweiß verwaschene Nachthemd mit den rosabraun verschmierten Eisklecksen vornedrauf passte eher zu einem Kleinkind. Und diese verschmierten Zotteln anstelle einer ordentlichen Frisur. Und – herrje – die Fingernägel und die Rotznase!

An der Tür klingelte jemand Sturm und riss mich damit aus meinen sinnlosen Betrachtungen. Eigentlich hatte ich nicht die geringste Lust auf Besuch. Normalerweise fand ich es toll, wenn eine Freundin unerwartet vor der Tür stand, mich vor den Hausaufgaben bewahrte oder einfach nur quatschen wollte. Aber nicht heute, wo ich das Gesicht einer Milka-Kuh hatte, in einem schlampigen Uralt-T-Shirt und ausgeleierten Leggins steckte und mein Kopf innen und außen völlig durcheinander war.

Trotzdem ging ich gucken, wer da was von mir wollte.

Gustav.

Da fiel mir ein, dass ich eigentlich auch mit Gustav ein Hühnchen zu rupfen hatte, denn immerhin hätte auch er mir heute früh bei der Alba-Sache helfen können. Doch weit und breit war kein Gustav zu sehen gewesen. Weit und breit war überhaupt niemand gewesen. Entsprechend unhöflich begrüßte ich ihn.

»Ich habe heute keine Sprechstunde, komm morgen wieder!«

»Wow, du siehst ja wirklich so schlimm aus, wie Klara behauptet hat.« Er grinste, was ich unverschämt fand. »Irgendwie lila und ein bisschen na ja . . .«

Wenn er jetzt eine Andeutung in Richtung Milka-Kuh machte, wäre eine langjährige Freundschaft zu Ende. Gustav war ein alter Freund, mein allerliebster Nachbarschaftssandkastenfreund, aber auch wenn er mich schon in Windeln gesehen hatte, konnte er nicht einfach hier vorbeikommen und mich beleidigen. Was Klara gesagt hatte, wollte ich allerdings trotzdem wissen.

»Soo, was hat sie denn behauptet?«

»Na ja, sie meinte, du hättest ganz schön was am Kinn abbekommen und dass es bunt geworden sei. Aber so bunt, Mannomann.« Jungs eben, er bewunderte mein Kinn, na gut, dann durfte er auch mal kurz reinkommen.

Ich trat zur Seite und ließ ihn und sein umfangreiches Gepäck herein.

»Willst du hier einziehen?«

»Nee, wir hatten heute 'ne Expedition und mussten total viel Kram mitschleppen.«

Ach so, dann war er also für heute früh entschuldigt. Gustav war wieder mein Freund – ohne zu wissen, dass er es für eine Minute nicht mehr gewesen war.

»Schaust du fern oder was?«

»Was soll ich denn sonst machen. Es ging mir echt nicht so gut, dann musste ich noch aufräumen und na ja.« Verlegen hielt ich inne. Es sah nicht so aus, als ob hier jemand aufgeräumt hatte. Gerade als Gustav ins Wohnzimmer schlenderte, rumste es mächtig im Keller. Wie elektrisiert sauste ich zur Treppe und hinunter – so schnell es eben ging mit meinem Verband. Mitu hatte versucht, die Waschmaschine, die gerade im Schleudergang war, mit gewaltigen Fußtritten zu öffnen. Nicht weiter schlimm, trotzdem schnauzte ich sie ordentlich an. Immerhin hatten wir jetzt Besuch und da konnte sie sich doch wenigstens mal benehmen. Konnte sie nicht. Nach zwanzig Minuten, in denen ich ständig wegen merkwürdiger Geräusche zusammengezuckt, aufgesprungen oder nur mal kurz verschwunden war, gab Gustav auf.

»Ich muss dann mal wieder«, stotterte er verlegen,

als ich von einer weiteren Tirade gegen Mitu zurückkam.

»Die Toiletten sind hinten links«, meinte ich trocken.

»Ach komm, du weißt, was ich meine. Du hörst überhaupt nicht zu, egal was ich dir erzähle. Weiß der Himmel, vielleicht bist du zu heftig auf den Kopf gefallen oder so. Du solltest ins Krankenhaus und dich auf Gehirnerschütterung untersuchen lassen.«

»Mein Hirn ist in Ordnung. Ich bin ein bisschen überfordert momentan, das ist alles.«

Kurz war ich versucht, ihm von Alba zu erzählen. Wenigstens von Alba, wenn schon nicht von Mitu, doch dann fuhr er fort: »Seit wann bist du von irgendetwas überfordert? Bist du verknallt oder was?«

Ich schnaubte empört. Das war ja mal wieder typisch: Kaum verhielt man sich nicht so, wie es die Freunde erwarteten, war man verknallt. Gab es nicht andere Probleme auf dieser Welt? Ich wollte schon heftig widersprechen, als mir aufging, was für eine spitzenmäßige Idee das war – ich würde neugierige Frager von nun an einfach mit meiner maßlosen Verliebtheit in irgendeinen wildfremden Jungen ablenken. Ich musste mir nur noch überlegen, in wen ich denn verknallt war. Vielleicht Max? Maxe gab es Tausende. Absolut narrensicher also. Ich machte ein verträumtes Gesicht, zuckte mit den Schultern, sagte jedoch nichts.

»Ach, also das ist es, na dann viel Spaß! Du verrätst mir natürlich nicht, wer es ist?«

Ha, er war sogar ein bisschen eifersüchtig, grinste ich schadenfroh in mich hinein. Schön, dass ich heute auch noch ein bisschen was zum Lachen hatte.

»Nö.«

»Ach komm schon! Hast du Angst, dass ich es überall herumposaune, oder ist es ein pickeliger Lulatsch, der dich mit seinem Superhirn beeindruckt hat? Vielleicht Ferdi? Oder Oskar, die fiese Ratte? Oder warte mal – Jens aus der Achten vielleicht?«

War das sein Ernst? Mehr traute Gustav mir nicht zu? Ferdi? Oskar? Jens? Ein Eins-achtzig-Typ, der in der Jugendauswahl des Basketballteams mitspielte und nichts anderes als Dribblings und Dunkings im Kopf hatte?

»Falsch – er ist, ähm, ja also, er ist einfach perfekt, sieht toll aus und ist, öh, natürlich schlau und sehr humorvoll und . . .«

»Ach so, also ein Typ aus dem Fernsehen?«, lachte Gustav und kriegte sich gar nicht mehr ein. »Vielleicht irgend so ein Superstar?«

»Nein, nein, den gibt es schon in echt!«, beeilte ich mich zu sagen. Fehlte noch, dass Gustav dachte, ich würde demnächst kreischend mit Horden anderer kreischender Mädels vor irgendwelchen Hotels rumstehen und auf IHN warten!

»Na, dann brauchst du mich ja wohl nicht mehr, wenn Mr Perfect hier ein- und ausgeht.«

»Quatsch, Gustav, jetzt sei mal nicht blöd. Der weiß

doch gar nichts von seinem Glück, ich, ähm, also ich bin sozusagen auf die Ferne verliebt.«

»Oh Mann, das wird ja immer besser. Typischer Mädelsquark!«

Ich zuckte nur mit den Schultern. War ja nicht meine Schuld, wenn Gustav in mir noch immer seine kumpelhafte Sandkastenfreundin sah, die man mit Matsch und Fußbällen bewerfen konnte. Gerade als ich überlegte, wie ich Gustav verklickern sollte, dass es sich um keinen Quark, sondern um eine ernst zu nehmende Angelegenheit handelte, hörte ich schon wieder verdächtigen Lärm. Ausgehend von der Waschküche jammerte und jaulte das ganze Haus, dass man eine Gänsehaut wie im besten Gruselschocker bekommen konnte.

»Ist die Heizung kaputt?«, fragte Gustav erstaunt, der sich ebenfalls über das Rumoren wunderte.

»Äh, vielleicht, ich schau lieber mal nach.«

»Ich komm mit, damit kenn ich mich aus.«

»Oh nö, das ist nicht notwendig, vielleicht sind es ja auch nur Mäuse oder eine Ratte. Also eine Babyratte, meine ich.«

»Das hört sich eher nach einer ganzen Rattenbande an. Ihr solltet immer die Kellerfenster schließen und so Giftzeugs auslegen.«

Danke, Superhausmann Gustav. Ich kannte diese spezielle Ratte ganz genau und geschlossene Kellerfenster oder Gift waren nicht wirklich geeignete Waffen. Die Anti-Mitu-Waffe war leider noch nicht erfunden.

»Ja, ja, mach ich. Geh du jetzt mal lieber. Papa kommt auch bald nach Hause, ich schaff das schon.«

Gustav ließ sich natürlich nicht aus dem Haus komplimentieren, aber immerhin ließ er mich alleine in den Keller gehen. Ich putzte Mitu kräftig herunter, die an sämtlichen Wasser- und Gasleitungen gedreht hatte, was das gequälte Stöhnen und Quietschen des Hauses erklärte. Dann zwang ich sie endgültig aus dem Waschraum, fand glücklicherweise den lange verschollenen Schlüssel, der bei ihrem Gewühle wieder aufgetaucht sein musste, verschloss die Tür und nahm den Schlüssel mit, in der vagen Hoffnung, Mitu von weiteren Zerstörungen abhalten zu können.

Nachdem sich Gustav versichert hatte, dass ich heil aus dem Keller zurückgekommen war und kurz darauf Klara anrief, was sicherlich länger dauern konnte, verdrückte er sich. Da war ich wieder, allein und verlassen – aber leider nicht von allen Geistern.

Kapitel 5

»Maja, Aufstehen! Vinci kommt bald und deine Mutter wollte dich zum Shoppen abholen.«

Wahnsinn! Es war Wochenende und ich hatte einen weiteren Tag mit Mitu überlebt, ohne dass das Haus abgebrannt oder die Polizei aufgetaucht war und mit dem guten Gefühl, dass ich auch weiterhin Freunde haben würde.

Freunde zwar, die sich über mich wunderten, aber immerhin Freunde, denn ich hatte ihnen weder Schmerzen noch schwere Beleidigungen zugefügt noch sonst irgendetwas getan, was unsere Freundschaften zerstören könnte. Wunderlich – damit konnte ich vorerst leben. Klara hatte mich so genannt, aber mal ehrlich, ich würde mich auch wundern, wenn sich meine beste Freundin immer wieder suchend umschauen würde. Vom Verfolgungswahn gezeichnet, allerdings nicht nächtens auf der Straße, sondern im eigenen Haus. Ich würde auch die Augenbrauen hochziehen, wenn sie während einer gemütlichen Fernsehrunde am hellen Mittag permanent aufspringen, aus dem Zimmer hasten und zwei Minuten später wieder auftauchen würde. Als Klara mir die Hausaufgaben erklären wollte, musste ich drei Mal im Keller nach der Waschmaschine gucken, zwei Mal dringend schauen, ob nicht eine E-Mail angekommen war, und mindestens fünf Mal auf die Toilette. Es gibt keine Durchfallerkrankung, die das erklären kann. Ich würde es auch nicht verstehen, wenn meine Freundin bei jedem Geräusch zusammenzucken und lauschen würde. Verdächtig. Und wenn sie endlose Selbstgespräche führen würde und andauernd schimpfte, egal ob auf dem Klo oder am PC, das würde mich schon sehr befremden.

Es war gut, dass ich so lädiert aussah, so traute sich niemand, mir ernsthaft zuzusetzen.

Klara war jedenfalls nur dieses eine Mal hier gewesen. Kurz nach Gustavs Besuch. Immerhin glaubte sie nun auch, dass es einen Max gab, den sie leider nicht kannte, auch wenn das unvorstellbar war. Gestern hatte sie zwar fünf Mal angerufen, sich aber nicht mehr getraut, mich zu besuchen. Erst hatte sie gefragt, ob ich mit zum Tennis kommen würde, was ja der Lacher schlechthin war, dann hatte sie gefragt, ob sie Elena statt mir mitnehmen könnte, da sie keine Lust auf eine reine Trainerstunde hatte, nur um mir später mitzuteilen, dass Elena auch keine Zeit gehabt hätte und dass sie nun die ultracoole Trainingseinheit bekommen hätte und ich sie nie mehr besiegen würde. Zwischendurch gab es noch wichtige Informationen über die Schule, Klassenkameraden und den Hinweis, dass mir Gustav die Hausaufgaben bringen würde, weil sie ja so beschäftigt sei, nur wüsste sie nicht genau, wann. Mindestens drei SMS hatten mich darüber aufgeklärt, was sie gerade wo machte, und so hatte ich erfahren, dass sie sieben Minuten zu spät zum Tennis gekommen war, weil sie den Garagenschlüssel nicht gefunden hatte und somit nicht an ihr Fahrrad gekommen war, und rollern mit dem uralten Scooter, das war schlichtweg unmöglich, also war sie zu Fuß gegangen und das dauerte eben sieben Minuten länger.

Jede ihrer Nachrichten hatte ich gierig verschlungen und mich mit allen Fasern zu ihr gewünscht.

Egal, sobald Mitu verschwunden war, würde mein Leben wieder normale Wege gehen. Denn eines war sonnenklar wie ein freundlicher Sommertag: Mitu musste wieder weg. Nur das Wie, das war noch völlig offen. Ich hatte versucht, mit ihr zu reden, doch dauernd faselte sie mir die Ohren voll, sie wolle endlich leben, Spaß haben und sich amüsieren. Und sie beschwerte sich, dass ich ja wohl grottenlangweilig sei. Na und? Ich war eben ein ganz normaler Teenie in einem ganz normalen Haus mit ganz normalen, getrennt lebenden Eltern, einem normalen Schulalltag und auch sonst war ich völlig normal – bis auf die Tatsache, dass Mitu hier war und dafür gesorgt hatte, dass absolut nichts mehr normal war.

Ich fühlte mich keinesfalls verpflichtet, irgendetwas zu Mitus Unterhaltung beizutragen. Immerhin konnte es ja sein, dass sich Mitu bald so fürchterlich langweilte, dass sie wieder verschwinden würde. Je früher, desto besser.

Nun, heute jedenfalls würde sie sich nicht langweilen. Und ich hatte keine Ahnung, wie ich das Nicht-Langeweile-Programm halbwegs lebendig überstehen sollte. Verzeihung, wie wir das überstehen sollten. Mein geliebtes Ebenbild plünderte bereits voller Tatendrang meinen Kleiderschrank. So wie gestern auch. Gequält sah ich ihr zu. Auch in Fragen des Kleidungsstils hatte sie seit ihrem Erscheinen nichts dazugelernt. Zielsicher wählte sie die allerscheußlichsten Klamotten aus, die sich in meinem Fundus befanden. Es waren nicht mehr viele. Papa hatte sich schon kritisch zu den Wäschebergen geäußert, die sich in nur zwei Tagen angesammelt hatten. Dabei hatte ich bereits heimlich zwei Maschinen laufen lassen! Ein zu vernachlässigender Mini-Klacks, wenn Mitu, das größte Ferkel unter der Sonne, wütete. Sie stand meinem kleinen Bruder in nichts nach, was Sabbern und Schusseln beim »Probieren« anbetraf. Sie konnte mühelos mit seinen Gras- und Erdflecken auf den Jeans mithalten, und nachdem sie mit unseren alten Window-Colour- und Wasserfarben experimentiert hatte, waren drei meiner Shirts im Müll gelandet. Dank Mitus Klamottengeschmacks drei grauenhafte, völlig untragbare Shirts, sodass mich der Verlust nicht allzu hart traf.

Für heute war Shopping mit Mama geplant, was also dringend nötig war und worauf ich mich seit Wochen gefreut hatte. Aber Shopping mit Mitu UND Mama würde sicherlich die Hölle werden und ich freute mich nun gar nicht mehr. Mitu würde versuchen, so viel »Spaß« wie möglich zu haben, und ich hinter ihr herlaufen, um das Schlimmste zu verhindern. So langsam bekam ich ein Gefühl dafür, wie sich Mütter fühlten, die ihre Kleinkinder in den Supermarkt oder zum Spielzeugladen mitnehmen mussten.

Ich seufzte ergeben und stemmte mich aus dem Bett. Dafür musste ich mich um Herkules herumschlängeln, der wie ein Felsklotz zwischen meinen Beinen lag. Seit er beschlossen hatte, dass Mitu keine unmittelbare Gefahr für ihn darstellte, hatte er seinen gewohnten Tagesablauf wieder aufgenommen. Ich hatte den Verdacht, dass ihn Mitu mit einer ordentlichen Portion Hackfleisch bestochen hatte, doch beweisen konnte ich nichts.

Eine kurze morgendliche Bestandsaufnahme ergab, dass die Blessuren bis auf die interessante Farbgebung des Kinns deutlich abgeheilt waren. Ein wenig hinkte ich noch, doch dank einer Profi-Bandage, die ich wahrscheinlich die nächsten einhundert Jahre tragen musste, war ich schon wieder recht mobil.

Natürlich würde Mom trotzdem Fragen stellen und peinlichst genau über jedes Detail des Unfalls Auskunft haben wollen. Sie war ja auch eine gewissenhafte Mama, wenn sie mal hier war.

Unter Mitus kritischen Augen wählte ich sorgfältig

das extralange Shirt, das Mama mir beim letzten Einkauf gespendet hatte, einen ultrakurzen Mini und die coolen Sneakers aus, in denen ich leider fürchterliche Schweißfüße bekommen würde, dafür aber mit meinem Verband reinpasste. Der Mini landete wieder im Schrank, da er zur Profi-Bandage einfach idiotisch wirkte, und ich zog stattdessen eine weiße Jeans heraus. Ich wollte richtig fein aussehen – einerseits, um von meinem bunten Kinn abzulenken, andererseits, um Mama und Mitu zu beeindrucken.

»Ich fände ja so Schläppchen mit Absatz gut«, kommentierte Mitu.

»Hab ich nicht und wie sollte ich da mit meinem Verband überhaupt reinkommen, schon mal daran gedacht? Ich find die hier cool.« Blöde Besserwissertante, langsam hatte ich es satt, dass sie sich in alles einmischen musste. Fehlte nur noch, dass sie mit mir über meinen Toilettenpapierverbrauch diskutierte.

»Na ja, diese Stinkerschlappen findet bestimmt kein Junge toll, im Gegenteil, sie werden sich die Nase zuhalten und einen großen Bogen um uns machen.«

Ich musste sie mal wieder ganz streng angucken. »Völlig daneben, solche Äußerungen. Ich zieh mich nicht für Jungs an, ich zieh mich so an, weil es mir und nur mir gefällt, ist das klar?«

Mitu kringelte sich kichernd auf meinem eben gemachten Bett.

»Klar, so was gefällt ja auch keinem anderen.«

»Du wirst es schon sehen, die halbe Stadt läuft so rum«, schimpfte ich. Als sie wieder nur kicherte und sich in den Kissen herumfläzte, fuhr ich sie an: »Und du? Freust du dich schon darauf, mir die peinlichsten Momente meines Lebens zu bereiten?«

»Ich freue mich auf die Stadt, das ist alles. Ich freue mich darauf, Besorgungen zu machen und endlich etwas zu erle-he-he-he-ben«, zwitscherte sie.

»Wir besorgen nichts, wir gehen shoppen. Ich bekomme ein paar Klamotten und du ein paar auf den Hintern, wenn es Ärger gibt.« Mitu musste man hart anfassen, das hatte ich inzwischen gelernt.

»Huch, wie schrecklich, jetzt hab ich aber Angst.«

»Solltest du auch. Gibt es irgendeine Möglichkeit, dich hierzulassen?«

»Neihein, die gibt es nihicht. Ich freu mich ja so, endlich erleben wir etwas!«, flötete sie entzückt.

Na danke, ich hatte es geahnt. Ich würde Mitu an die mentale Kette nehmen müssen, und das versprach, anstrengend zu werden.

Kaum dass wir beim Frühstück saßen, klingelte es schon. Mama liebte es, früh in die Stadt zu fahren, der Parkplätze und des Verkehrs wegen. Sie konnte sich nichts Schrecklicheres vorstellen, als kostbare Minuten ihres verplanten Lebens im Stau oder auf Parkplatzsuche zu verbringen. Also fuhren wir immer überall ganz früh hin, um jede Verschwendung ihrer kostbaren Zeit zu verhindern. Dass wir dabei insgesamt schon mindestens zwei Jahrzehnte gewartet hatten, weil wir überall zu früh eintrafen, das machte ihr keine Sorgen. Die Geschäfte würden noch lange nicht aufmachen und ich sah keine Eile, mein Müsli hinunterzuschlingen.

Aber ordentlich begrüßen wollte ich sie trotzdem. Außerdem musste ich Vinci ganz dringend ganz fest drücken. Bevor Papa auch nur seine Zeitung beiseitegelegt hatte, war ich an der Tür – an der schon das neugierigste aller neugierigen Spiegelwesen namens Mitu wartete.

Ich riss die Tür auf und schnappte mir meinen kleinen Bruder, bevor meine Mutter mich schnappen konnte.

»Ha, hab ich dich, hmhm, du riechst frisch gewaschen, lecker, und ich rieche auch Schokolade, wo kommt das denn her?!«

»Und du siehst komisch aus und riechst nach Salbe und Maja«, quiekte er und wand sich unter meinen Fingern, die ihn erbarmungslos durchkrabbelten. Dabei kreischte und winselte er abwechselnd vor Freude und guter Laune. Das war es, was mir gefehlt hatte. Auch wenn er mich früher tausendmal zum Wahnsinn getrieben hatte, weil er nicht nur all meine Dinge auf Nimmerwiedersehen entführt und sorgfältig angefertigte Zeichnungen beschmiert oder zerknüllt hatte, sondern einmal sogar mein Zeugnisblatt zerstört und mehrere Male meine Hausaufgaben vernichtet hatte. Ich erinnerte mich genau an Mamas Anfall, als er einmal Schule gespielt und sämtliche meiner Bücher bemalt und zerrissen hatte. Inzwischen waren jedoch sowohl meine frühen Kunstwerke als auch die Grundschulbücher vergessen.

»Wollt ihr was mitfrühstücken? Wir sind noch nicht ganz fertig.« Auch Papa war inzwischen an der Tür erschienen.

»Ich habe nichts anderes erwartet«, meinte Mama spitz. Sie drückte Papa Vincis Übernachtungstasche in die Hand, aus der mindestens fünf Plüschtiere fröhlich herauswinkten.

»Jetzt kommt erst mal rein, ja?« Papa war friedfertig und musste seine Kräfte sparen, schließlich stand ihm ein Zootag mit Vince bevor. Ich nahm meinen Bruder huckepack und galoppierte hinkend in die Küche zurück, während Mama noch auf Papa einredete und ihm in allen Einzelheiten erklärte, worauf er bei Vince achten musste, was er essen durfte – Karotten – und was auf keinen Fall – Pommes und Cola – und wann er ins Bett musste – möglichst vor 20.00 Uhr. Das machte sie jedes Mal und ich bewunderte Papa für seine Geduld, mit der er es sich auch heute wieder anhörte.

»Maja, wer ist das andere Mädchen?«, fragte Vince da. Huch, eiskalt erwischt.

»Welches Mädchen?«, fragte ich unschuldig und setzte seinen Popo auf dem Frühstückstisch ab, genau zwischen Papas Kaffeetasse und meiner Müslischale.

»Na die, die erst hinter der Tür stand und dann auf

der Treppe saß. Die sieht genauso aus wie du, außer . . .«, er überlegte gründlich. Sag jetzt nichts Falsches, kleiner Bruder, sonst pack ich dich.

»Na ja, sie sieht aus wie du, aber sie guckt wie Alina.«

Ich wusste sofort, was er meinte. Wie Gustav kannte ich Alina schon aus dem Sandkasten und auch sie wohnte nur ein paar Straßen weiter. Allerdings sahen wir uns eigentlich kaum mehr. Gustav ging auf die gleiche Schule wie ich, aber Alina hatte auf eine Ganztagsschule gewechselt. Alina, so hatten meine Eltern früher gesagt, sitzt der Schalk im Nacken. Ich hatte damals oft ihren Nacken untersucht, aber den Schalk nie entdeckt. Ich stellte mir einen kleinen Kobold vor, denn Alina verhielt sich genauso wie die kleinen, frechen Kobolde in meinen Märchen und ihre Eltern waren oft wegen ihrer Scherze und überschäumend guten Laune zu Besuch in der Schule gewesen.

»Hier gibt es kein Mädchen außer mir, Vince«, versuchte ich es mit einer glatten Lüge. Wieso konnte Vince Mitu sehen, wenn es sonst keiner tat?

»Aber da sitzt sie doch! Ist sie von zu Hause weggelaufen? Wird sie von der Polizei gesucht? Hat sie eine Pistole dabei? Oder ist sie ein Alien?«

»Also echt, sie ist kein Alien. Du kommst vielleicht auf Ideen. Sie ist einfach da und alle tun so, als würden sie sie nicht bemerken. Das, nun, das ist so ein Erwachsenenspiel, ja? Wer zuerst zugibt, dass er Mitu sieht, der hat verloren. Also nichts verraten, ja?«

»Wie heißt die? Miau?«

»MITU, aber jetzt sei mal still, jetzt kommen Mama und Papa. Ich erkläre es dir später, ja?«

Mitu saß erwartungsvoll auf der Arbeitsplatte neben dem Spülbecken und baumelte mit den Beinen.

»Es ist ganz wichtig, dass er den hier jeden Abend nimmt! Sonst geht der Husten nie weg und dann haben wir wieder den Salat, er kann nicht in den Kindergarten und ich muss Frau Nieberg von gegenüber bitten, auf ihn aufzupassen.« Mama stellte ein Hustensaftfläschchen direkt auf Mitu, die es geschickt schnappte und einige Zentimeter weiter platzierte. Puh, keiner hatte etwas gemerkt.

»Frau Nieberg ist doof«, flüsterte mir Vince in einer Lautstärke zu, dass es die ganze Nachbarschaft hörte. »Aber sie hat eine total riesige Schublade mit Süßigkeiten drin und für jedes Mal Husten bekomme ich fünf Gummibärchen.«

»Dann ist sie doch gar nicht so doof«, flüsterte ich zurück.

»Maja, Schatz, jetzt komm mal her.« Mom hatte plötzlich entdeckt, dass wir uns noch nicht begrüßt hatten, und mir erging es jetzt wie vorher Vince bei mir: Ich wurde gedrückt, geherzt und bekam einen dicken Schmatz auf beide Backen. Dann hielt sie mich ein wenig von sich weg und betrachtete mein Gesicht von allen Seiten.

»Na ja, sieht gar nicht so schlimm aus, wie Papa gemeint hat. Jedenfalls nicht schlimm genug, um zu Hause zu bleiben. Kannst du laufen? Dann ist ja alles klar, wir wollen lieber keine Zeit verlieren und gleich starten, o.k.? Dann können wir auch in Ruhe plaudern, wie es dir geht und so. Die Männer wollen sicher ebenfalls unter sich sein, oder?«

Während ich hilflos in Mamas Armen hing, nickte Mitu im Hintergrund bestätigend und sprang von der Arbeitsplatte herunter.

»Los geht's, Langweilerin, lass uns einen draufmachen!«

Kapitel 6

Als Mom, Mitu und ich wenig später ins Parkhaus einfuhren, war es schon passiert. Mom wunderte sich über mich. Pausenlos. Obwohl Papsi nichts ausgeplaudert hatte, was ich ihm hoch anrechnete. Kein Wort über all die Merkwürdigkeiten, die uns in den letzten Tagen zugestoßen waren. Ich hätte in seiner Situation wahrscheinlich geredet wie die Endlosschleife einer Hotline und Mom sämtliche Ungeheuerlichkeiten entgegengeschleudert. Aber nein, kein Wort zu meinem Herumgeistern, wie er es nannte, kein Wort über meine Selbstgespräche, mein ständiges Aufspringen, das verwüstete Haus oder über die Umstände meines Unfalls. Aber gerade deshalb wunderte Mom sich ziemlich heftig.

Schon während der Fahrt – ich saß vorne bei Mom – schaute sie mich immer wieder irritiert an. Ihr Blick wechselte vom Rückspiegel zu mir, seufzend und schweigend, während auch ich seufzte und schwieg. Ab und zu stieß ich ein unverständliches Murmeln aus. Anstatt die Gelegenheit zu ergreifen und mit Mom zu reden, war ich mit Mitu beschäftigt, die mir munter von hinten das Hirn vollquasselte. Angeregt berichtete sie über die vielen tollen Dinge, die sie sah, fragte mich ungeniert nach meiner Meinung und blockierte meine Gedanken durch ihren unhörbaren verbalen Dauerbeschuss. Ihre transparenten Augen funkelten, ihre Hände fuchtelten und ihre Füße fanden keine Ruhe, so aufgeregt war sie.

Absicht? Wollte sie nicht, dass ich in Ruhe mit Mom plaudern konnte? Ich traute Mitu mittlerweile alles zu. Obwohl wir uns ein wenig arrangiert hatten, wie ich fand. Sie verletzte mich immerhin nicht mehr und achtete auch darauf, dass sie nicht permanent über Papas Füße stolperte oder das Küchenregal abräumte, wenn ich Besuch hatte.

»Herrje, irgendetwas stimmt nicht mit diesem Ding«, schimpfte Mom. Schon wieder fingerte sie am Rückspiegel herum. »Ich sehe ständig irgendwelche Spiegelungen und Blitze. Merkwürdig.« Ich ließ sie weiterfummeln, denn so ein Spiegel konnte ja schon mal kaputtgehen, oder?

Erst als Mitu anfing, ihr Grimassen zu schneiden, mischte ich mich wieder ein. Finster schauen, konzentrieren, wütende Gedanken schicken und – Mist verflixt, es war mir wirklich einfach so rausgerutscht – laut schimpfen.

»Wie bitte?«, fauchte Mama genervt. Mom war meistens genervt, wenn sie Auto fuhr. Es gab so viele Deppen und Blödeier unterwegs, da musste sie sich einfach aufregen.

»Ich habe dir wirklich nichts getan, ich freue mich

schon seit Wochen auf diesen netten Bummel und du hockst verstockt wie ein Fisch neben mir; das Auto spielt mir Streiche, es ist tierisch viel Verkehr und jetzt nennst du mich auch noch hirnverbrannte Kuh?«

»Sorry, Mom, ich musste nur gerade an Klara denken. Stell dir vor, sie hat mich nur einmal besucht.«

»Tja, wenn es einem schlecht geht, erkennt man die wahren Freunde.«

Oh nein, der Spruch schon wieder. Es schien Monate her zu sein, dass mich Herr Wegener mit seinem Latein malträtiert hatte.

»Sicher war aber Gustav da, oder?«

»Klar, jeden Tag zweimal, er hat mir sogar Hausaufgaben mitgebracht.«

»Das nenne ich wahre Freundschaft, da könnte sich deine Klara mal eine Scheibe abschneiden. Er ist ja nicht einmal in deiner Klasse! Kannst du denn nächste Woche wieder in die Schule?«

»Klar, muss ich auch. Mathearbeit, Aufsatz, Biotest, alles wieder mal in einer Woche. Ich sollte also heute noch etwas tun.«

»Fein, wir essen nach dem Bummeln gemeinsam zu Mittag und dann kannst du loslegen. Ich dachte, wir fangen im *Workout* an, du brauchst eine neue Sporthose. Zum Geburtstag, ja? Gott, der ist auch schon in einer Woche. Mit passendem Oberteil? Oder lieber was fürs Tennis? Und dann gehen wir in deine Läden, klar. Aber du hast ein festes Budget, vergiss das nicht!«

Hey, nie wieder meine alte Sporthose, juhuu, ab in den Müll damit, nicht einmal mehr zu waschen brauchte ich sie. Und neue Schuhe musste ich unbedingt haben und natürlich einen ganzen Stapel neuer T-Shirts.

Mitu nickte ausnahmsweise nur begeistert und war schon fast aus der Tür, als Mom endlich eingeparkt hatte. Eilig, wie wenn uns in der Zwischenzeit jemand die besten Schnäppchen wegnehmen könnte, flitzten wir durch das schummrige Parkhaus.

»Es stinkt«, stellte Mitu fachkundig fest.

»Abgase. Ich bemühe mich, flach zu atmen, dann ist es nicht so schlimm.«

»Och, du willst dich doch nicht etwa in den engen Aufzug quetschen? Komm, die Treppe ist schneller«, meinte Mama. Recht hatte sie, doch was sollte ich machen? Mitu wollte unbedingt Aufzug fahren und ich konnte sie wohl schlecht alleine lassen.

»Aber Mom, wir müssen heute noch genug laufen, mein Knöchel hält sonst nicht durch und im Treppenhaus riecht es immer eklig nach Klo.«

Wir fuhren natürlich Aufzug, und da normalerweise sechs Personen in den altmodischen Aufzug passten und Mitu die siebte Person war, die sich zudem auch noch ziemlich breitmachte, wurde es tatsächlich ein wenig eng. Manch verständnisloser Blick traf mich, da ich eine viel zu große Lücke in der Ecke frei ließ, doch ich schaltete auf stur, starrte auf die Leuchtanzeige der

Stockwerke und ließ Mitu unbehelligt ihren Platzanspruch.

Mom drückte sich an mich und versuchte, mich unauffällig weiter in die Ecke zu schieben. Fest wie ein Fels stand ich da. Ihre ärgerlich gerunzelte Stirn ignorierte ich ebenso wie ihr andauerndes irritiertes Blinzeln. Wahrscheinlich sah sie blitzende Spiegelungen. Meine Spiegelungen – ihr Problem.

»Eng«, schnappte Mitu. »Huuhuu. Und dieser Herr hier, also wirklich, igitt, der stinkt schlimmer als hundert Kilometer Autostau.«

Sie lachte nervös, als der Boden unter uns nachgab und der klapprige Kasten nach unten sauste, fand dann schnell Gefallen daran und hopste munter auf und nieder. Schade, dass in nächster Zeit kein Volksfest in der Nähe war. Wenn ihr schon ein Aufzug gefiel, wie würden sie wohl Achterbahn, Riesenkarussell oder Wildwasserbahn begeistern!

»Hey«, stieß ich hervor, als sie mich bei ihrem Gehüpfe anrempelte. Der Versuch, ihren bohrenden Ellenbogen auszuweichen, brachte die ganze sorgfältig gequetschte Aufzugordnung durcheinander.

»Gott, es sind doch nur vier Stockwerke, jetzt stell dich nicht so an«, stöhnte meine arme Mama. Und als wir mit einem sanften Nachwippen unten ankamen, stöhnte sie noch einmal: »Endlich!«

Es war nicht ihr letztes Stöhnen an diesem Vormittag. Die Stadt war überfüllt, meine Wenigkeit ein wenig sprunghaft und launisch bei der T-Shirt-Auswahl, und als wir Stunden später einen Platz im *Pretty Bistro* ergatterten, war sie fix und fertig.

»Du solltest bald alleine oder mit einer Freundin einkaufen gehen, wirklich. Ich fürchte, ich bin zu alt und zu schwach, um dich gut zu beraten.«

Nein, nein bitte nicht! Dann würde ich wirklich nur noch ein festes Budget haben und könnte nicht noch ein paar Extra-Accessoires erbetteln, wie ich das eben getan hatte. Wir lagen gut beim doppelten Betrag, den Mom ursprünglich hatte ausgeben wollen, und ich war zufrieden.

Mitu nicht. Sie hampelte auf ihrem Stuhl herum wie der Zappelphilipp kurz vor dem fatalen Finale. »Du hättest mir ruhig auch etwas kaufen können«, beschwerte sie sich ungefähr zum tausendsten Mal.

»Klar, ich kaufe dahergelaufenen Spiegelgeisterdingens immer noch eine Packung Pralinen oder einen feinen Seidenschal.« Damit spielte ich auf das schrille Ding an, das sie unbedingt hatte haben wollen und mit dem sie eine gestandene Fachverkäuferin fast in den Wahnsinn getrieben hatte. Kaum hatte die Verkäuferin das flüchtende Stück eingefangen und wieder sacht gefaltet und zurückgelegt, hatte es sich hinter ihrem Rücken erneut erhoben und war sanft davongeschwebt – während wir uns verschiedene Rucksäcke hatten zeigen lassen und so getan hatten, als gäbe es keine flatternden Schals.

Die Lage hatte sich zu Mamas Entsetzen zugespitzt, als der Schal plötzlich verschwunden war und die Verkäuferin uns aufgefordert hatte, Taschen zu öffnen und Hosentaschen umzustülpen. Während Mitu mit dem Schal um den Hals albern zwischen den Kleiderständern herumgetanzt war und große Dame gespielt hatte. Der Schal war genauso plötzlich wieder aufgetaucht, wie er verschwunden war, und die arme Verkäuferin hatte uns trotz zahlreicher Entschuldigungen nicht zum Kauf eines Rucksacks überreden können. Dafür hatte Mom geschworen, diesen zwielichtigen Laden nie wieder zu betreten.

Anschließend hatte ich Mama noch in mein absolutes Lieblingsgeschäft geschleppt, nicht weil ich noch dringend etwas benötigte, sondern weil Mitu zielsicher dort hineingestolpert war und ich sie vor einer endlosen T-Shirt-Stange wiedergefunden hatte. An der war sie entlanggegangen, hatte die Shirts durchgeschaut und »schön, schön, bescheuert, schön, bescheuert, unmöglich, genial, schön, total daneben« vor sich hin gemurmelt. Als sie einen Bügel herausgezogen hatte, der kurz umhergeflattert und dann verschwunden war, hatte ich energischer werden müssen

»Bring sofort das T-Shirt zurück, ja? Du hast schon genug Blödsinn angerichtet. Mama braucht eine Pause, schau sie dir mal an, die Arme! Die ist total platt. Wenn sie jetzt noch sieht, wie ich hinter einem Flug-Shirt herrenne, na dann Gute Nacht.«

»Sag ich doch, du bist die absolute Spaßbremse. Was glaubst du, was ich hier für eine Stimmung verbreiten könnte. Das ist das Paradies!« Sie war mir kurz entwischt und mit ausgestreckten Armen zwischen den Ständern hindurchgetanzt, hatte dabei aber die Gelegenheit genutzt und den Bügel brav wieder zwischen einen zartrosa Pullunder und ein brombeerfarbenes Longsleeve geschoben. Doch meine Ruhe hatte ich deshalb noch lange nicht.

»Los, kauf mir was!«, hatte sie vehement gefordert.

Natürlich hatte ich mich geweigert und deshalb schmollte Mitu nun wie ein Kleinkind, das im Supermarkt beim Plündern des Süßigkeitenregals erwischt worden war.

»Wenn du nicht aufhörst zu zappeln, bestelle ich mir überbackenen Schimmelkäse mit Extra-Knoblauch«, fauchte ich. Sie streckte mir die Zunge raus, stand auf und zog los, um die Umgebung zu erkunden.

Wie bitte sollte ich mein Essen genießen, wenn ich permanent ein Auge auf Mitu haben musste, die ungeniert durch das Restaurant schlenderte und wie Schneewittchen mal von diesem und mal von jenem Tellerchen pickte? Dazu benutzte sie natürlich keine Gabel, sondern ihren Zeigefinger. Das fand ich zwar eklig, aber eigentlich auch ganz gut, denn so ein schwebendes Besteck hätte vermutlich zur panikartigen Räumung des Lokals geführt. Es war immer der rechte Finger, den sie genüsslich beschnupperte und beleckte, und in mir drängte sich die Frage auf, ob sich Spiegelwesen nicht auch die Hände waschen mussten, um keine fiesen Krankheiten zu übertragen. Wenn nun Gast Nummer eins an einer tödlichen Grippe litt, würden sich die Keime durch Mitus Finger auf das Essen sämtlicher anderer Gäste übertragen? Was war mit mir? Würde ich jetzt zwanzig Krankheiten ungeklärten Ursprungs bekommen oder würde gar Mitu sterben und damit endlich verschwinden?

Falls sie sich eine Krankheit eingehandelt hatte, war davon auf der Rückfahrt nichts zu bemerken. Putzmunter plapperte sie die ganze Zeit über unseren Erlebniseinkauf, während ich versuchte, mit Mama wenigstens ein paar Worte zu wechseln.

Zu Hause erwarteten uns bereits Papa und Vinci, die einen harmonischen Vormittag im Zoo verbracht hatten. Netterweise bat Papa Mom zu einer Tasse Kaffee herein, sodass ich die Zeit nutzen konnte, um in meinem Zimmer die neuen Schätze zu sortieren und zu bewundern.

Mitten in der schönsten Sichtung meiner Bestände an tragbaren Röcken und Shorts drangen plötzlich Mamas und Papas Stimmen an mein Ohr, erst sacht, dann deutlicher. Zuerst nervte es eher, als dass ich Freude am Lauschen fand, doch dann wurde ich hellhörig.

»Sie war wirklich sonderbar. Ich weiß nicht, wie oft ich vorhin meine Fragen wiederholen musste. Oder gegen eine Wand geredet habe. Beim T-Shirts-Aussuchen war sie überhaupt nicht bei der Sache und hat mich von einem Geschäft ins nächste gezerrt, ohne sich wirklich etwas anzuschauen. Und beim Essen habe ich fast die Krise bekommen. Ich glaube, nächstes Mal gehe ich lieber mit Vince und fünf seiner Freunde einkaufen.«

Sie lachte nervös. Das war natürlich ein Scherz, haha. Ich verzog das Gesicht. Sehr lustig.

»Sie ist eigentlich erst seit drei Tagen so zerstreut. Seit ihrem Sturz in der Schule, um genauer zu sein. Vielleicht doch eine Gehirnerschütterung? Wir sollten sie auf jeden Fall untersuchen lassen.«

»Du hast recht, obwohl ich eher glaube, dass es ein Hormonschub oder so etwas ist . . . Wie auch immer, ich werde Dietmar fragen, der soll sie sich mal ansehen.«

»Auch wegen der Selbstgespräche, ja? Wenn sie sich unbeobachtet glaubt, schimpft und diskutiert sie, als würde sie mit einer dritten Person sprechen.«

»Na ja, vielleicht ein unsichtbarer Freund, davon hört man ja öfter.«

»Durchaus. Wenn sie vier oder fünf Jahre alt sind, aber nicht mit zwölf. Und du solltest sie mal hören, wenn sie »lass mich in Ruhe, verschwinde« schreit oder sich aufregt, dass sie den Dreck anderer Leute wegmachen muss. Obwohl sie den ganzen Nachmittag alleine war.«

Eine Weile hörte ich nichts außer leisem Schlürfen.

Mittlerweile saß ich auf der Bettkante und drückte mein Gesicht in das nagelneue Shirt, das noch stark nach giftigen Chemikalien stank. Oh Gott, das war ja furchtbar. Und dabei hatte ich mir solche Mühe gegeben, normal zu sein und nichts von Mitu zu verraten. Aber Eltern waren eben anders als Freunde. Die zuckten nicht einfach mit den Schultern, sagten »plemplem« oder »typisch verknallt eben«, bei denen ging gleich die Sorgenmaschine an. Ratatatatarumsrumsschepper.

Ich wollte nicht, dass meine Eltern sich Sorgen um mich machten – und schon gar keine berechtigten.

»Hm, jetzt bin ich trotzdem fast erleichtert, ich dachte schon, sie meint mich, als sie ›blöde Kuh‹ gesagt hat.« Wieder lachte Mama so komisch.

»Na, da wirst du bestimmt nicht gemeint gewesen sein«, beschwichtigte Papsi sie prompt.

»Soll ich sie übers Wochenende mitnehmen?«

Huch, bloß nicht! Mama war viel feinfühliger als Papa und würde nicht lange brauchen, um eine ganz große Sache zu vermuten. Zeit, einzuschreiten und die beiden Freizeitpsychologen zu stoppen.

Ich rappelte mich auf, prüfte kurz mein Gesicht im Spiegel und stakste steif die Treppen hinunter. Verflixter Knöchel. Der Stadtbummel hatte ihn wieder in einen dicken, schmerzhaften Klumpen verwandelt.

Unten angekommen, erkannte ich auch, warum ich so wunderbar zuhören konnte. Mitu hatte klammheimlich die Tür geöffnet, die Mama und Papsi immer sorgsam verschlossen, wenn sie Krisengespräche dieser Art führten. Mein Spiegelwesen selbst lümmelte gemütlich auf dem Sofa und spitzte genau wie ich neugierig die Ohren.

»Hey Mom, echt super, was wir da gekauft haben, danke!«, begann ich unschuldig.

»Äh, Maja, wir haben gerade darüber geredet, ob du nicht bis morgen zu deiner Mutter möchtest.« Die beiden wechselten einen schnellen, verschwörerischen Blick.

»Ihr könntet noch ein bisschen Frauenkram erledigen und Dinge bequatschen, die mich nichts angehen.«

»Geht leider nicht, Mom, sei bitte nicht böse, aber ich muss noch lernen. Hab ich doch gesagt, oder? Wo steckt Vinci überhaupt?«, lenkte ich ab. Suchend schaute ich mich um.

»Er wollte im Garten werkeln.« So, ach, Vinci, der Gärtner. Da hatten meine Eltern den Armen wohl zum Spielen rausgeschickt.

»Also wirklich, ihr könnt ihn doch nicht einfach vor die Tür setzen. Ich seh mal nach ihm, er will mir sicher noch vom Zoo erzählen.« Fürsorge für kleine Brüder schätzen Eltern sehr. Es fiel mir nicht schwer, ich mochte ihn wirklich gerne und eine Runde Fußball gegen unsere alte, wackelige Torwand würde mir auch guttun. Na ja, meinem Knöchel vielleicht weniger, aber letztendlich war alles besser, als hier im Wohnzimmer den besorgten Blicken von Papa und Mama ausgesetzt zu sein.

Vinci freute sich, einen Spielpartner gefunden zu haben. Seine gerade noch saubere Marken-Jeans glich dem Arbeitsoverall, den Opa immer bei der Gartenarbeit getragen hatte und der jetzt noch – fünf Jahre nach seinem Tod – ungewaschen in unserem Gartenhäuschen hing. Seine blonden Haare standen stachelig nach allen Seiten, gestylt von einer braunen, ehemals matschigen Masse, die jetzt erstarrt war. Haargel war das jedenfalls keines.

»Sie hatten was zu besprechen«, maulte er, als wir im Gartenhäuschen nach dem Fußball kramten. »So wie früher. Immer müssen sie über Dinge sprechen, die uns nichts angehen.«

»Ach, so sind sie halt, ärger dich nicht. Zeig mir lieber, was du für einen Schuss draufhast«, spornte ich ihn an.

Kaum hatte Vince die ersten knallharten Treffer erkämpft, kam Mom schon in den Garten, um sich zu verabschieden.

»Wir sehen uns ja nächstes Wochenende«, tröstete sie sich selbst über meine Abfuhr hinweg. »Ich freu mich schon auf deine Geburtstagsfeier.« Ups, ich hatte ja bald Geburtstag, richtig. In knapp einer Woche war es so weit. Ich musste dringend mit Papsi meine Party besprechen. Dreizehn war ein ziemlich cooles Alter und ich wollte endlich mal richtig feiern. Vorausgesetzt, dass Mitu es zuließ.

»Feiern find ich gut«, trompetete Mitu in mein Hirn.

»Alles klar, Mom, ich freu mich auch echt riesig.« Bevor ich ihr meinen Extra-Mama-Kuss auf die Backe drücken konnte, drückte sie schon Vinci an sich, als würde sie ihn die nächsten hundert Jahre nicht mehr zu Gesicht bekommen.

»Ey, loslassen, ich bin gerade am Gewinnen.«

»Passt gut auf euch auf, ihr beiden, ich hole dich morgen Abend wieder ab, Schätzchen, viel Spaß!«

Vince führte mit siebenundzwanzig zu acht Toren, als er zum finalen Schuss ausholte.

»Warum spielt sie nicht mit? Sie steht die ganze Zeit da oben rum und guckt uns zu. Sie will bestimmt mitmachen.« Er winkte Mitu zu, die uns tatsächlich von der Terrasse aus beobachtete und freudig zurückwinkte.

»Wegen Papa, du weißt doch, dass er sie nicht bemerken möchte, und wenn sie mitspielt, geht das ja nicht, oder?«

»Komm, der merkt es doch gar nicht, der sitzt bestimmt wieder am Computer.«

Wie ein geölter Blitz sauste Mitu da schon zwischen uns hindurch, schnappte sich den Ball und bolzte ihn ins verlassene Tor.

»He, das gilt nicht«, schrie Vince und rannte nun seinerseits hinter dem Ball her. Binnen zweier Sekunden waren die beiden in das herrlichste Match verwickelt und mir blieb nur noch übrig, in der Mitte herumzuhüpfen und so zu tun, als ob ich mit Vince spielen würde, damit der hin und her sausende Ball nicht so auffiel.

»Tor für mich, Tor für mich, du bist ein altes Arschgesich!«, frohlockte Vince und machte Mitu eine lange Nase, als Papa auftauchte.

»He, darf man mitspielen?«

»Schnell, Vince, Pass an Papa und Schuss!«

Netterweise hatte sich die völlig verausgabte Mitu bei Papsis Erscheinen gleich zurückgezogen. Nicht nett war, dass sie sich zu mir ins Tor stellte und sich einen Spaß daraus machte, den Bällen auszuweichen. Das klappte nicht immer und manch ein hundertprozentig sicherer Treffer drehte plötzlich ab oder prallte gegen eine unsichtbare Wand. Dann giftete ich im Stillen Mitu böse an und tat schnell so, als ob ich den Ball abgewehrt hätte. Ich hätte mir die Mühe sparen können. Mitu lachte sich nur kaputt und Papa war so ins Spiel vertieft, dass er sowieso nichts bemerkte.

Am Abend betrachtete ich schweigend Mitu und Vinci, die ineinander verknotet in meinem Bett lagen. Ein Wunder, denn ich hatte mit Papsi einen Krimi geguckt, und wenn der Fernseher lief, war Mitu normalerweise sofort zur Stelle.

Jetzt kuschelte sie hier mit meinem kleinen Bruder. Wenn Geisterspiegelphantomgestalten überhaupt kuscheln konnten. Vinci jedenfalls schien es nicht zu stören, er schien sich pudelwohl zu fühlen. Im Gegensatz zu mir. Ich quetschte mich an den Rand meines Bettes, halb auf der harten Kante, mit Vincis pustendem Atem im Nacken, dafür aber mit warmem Po. Auch Mitu schien zu schlafen und ich fragte mich zum wiederholten Mal, was zum Teufel sie eigentlich von mir wollte. Ein eigenartiges Gefühl der Vertrautheit begleitete mich schließlich in den Schlaf, der trotz Bettkante und Pustegeräuschen tief und fest war.

Kapitel 7

*I*n dieser Nacht träumte ich in Weiß und Glänzend. Bilder eines hellen Ballsaales, der in ein barockes Schloss zu gehören schien und der zum Tanzen einlud, wurden in Sekundenschnelle von Visionen verwirrender Spiegelungen abgelöst. Ich irrte durch ein blendend grelles Labyrinth, wie man es von Volksfesten kennt, doch anstatt mich selbst zu spiegeln, grinsten mir die schrecklichsten Monster und Zerrbilder entgegen. Meine Schreie schienen sich ebenfalls zu spiegeln, denn aus den aufgerissenen Mündern der Gestalten kamen Sprechblasen mit schwarzer Füllung.

Ein verwirrendes Stakkato von Eindrücken, das zu schrecklichen Kopfschmerzen führte.

Gut, dass Vinci Punkt 6.37 Uhr beschloss, der Nacht ein Ende zu bereiten – jede Sekunde dieses Traums war eine Qual.

»Maja, aufwachen, komm, wir gehen fernsehen.« Er hopste wie ein kleiner Affe . Am Sonntagmorgen fernsehen, das war für ihn der Höhepunkt der Woche. Das Bett wackelte und quietschte, eiskalte Luft strömte unter meine Bettdecke.

»Vinci, es ist noch nicht einmal sieben Uhr und Wochenende«, stöhnte ich matt.

»Mensch Maja, du bist doch keine alte Oma. Jetzt steh schon auf.« Seine Hopser trafen immer öfter schmerzhaft meine Beine, meinen Bauch und – autsch – jetzt auch meine Backe.

»Oh, pass doch auf.« Ich ächzte wirklich wie eine Oma nach sieben Stockwerken Treppensteigen, drehte mich auf die Seite und rollte mich schützend zusammen.

»Oma, Oma – schnarch dich doch ins Koma«, trompetete er begeistert in mein Ohr.

»Maja, Maja – isst ja nichts als Eia«, gackerte er weiter, begleitet von unbändigen Sprüngen, die mein Bett in ein tobendes Meer mit Wellen in Gebirgshöhe verwandelten.

Kurz bevor mich die Brandung über die Bettkante spülte, gab ich nach.

»Hmpfgr«, verkündete ich schlapp, schnappte meine Bettdecke und wickelte mich notdürftig damit ein. Leider fand ich nichts zum Einwickeln der Füße, die sich deshalb auf den kalten Fliesen des Treppenhauses in Eisklumpen verwandelten.

Eigentlich fand ich es schön, morgens mit ihm auf dem Sofa zu lümmeln, Kindersendungen im Fernsehen zu schauen und langsam den Tag heraufziehen zu sehen. Früher hatten wir das oft gemacht. Weil Papa und Mama immer lange schlafen wollten, hatten wir uns frühmorgens ins Wohnzimmer geschlichen, Vince hatte gespielt und ich geglotzt.

Heute war es eine Qual. Ich wollte Vince nicht enttäuschen, also schleppte ich mich zerknautscht und zerknittert nach unten, sackte auf das Sofa und setzte mich willenlos dem Zeichentrickprogramm aus.

Gerade als ein Strichmännchen mit drei Stachelhaaren auf dem Kopf einem Marmeladenbrot hinterherjagte, drang Mitus Stimme zu mir durch. Och ja, Mitu, die hatte sich nicht heruntergeschleppt, sondern war spritzig wie ein junges Zicklein gesprungen. So viel geballte Energie konnte ich jetzt gar nicht vertragen, fand ich und lümmelte mich noch tiefer in die Kissen. Doch sie ließ mir keine Chance. »Kuckuck, du wolltest doch mal mit mir reden, jetzt zum Beispiel wäre ein ziemlich guter Zeitpunkt, oder?«, säuselte sie mit einer Stimme, die ein Entkommen unmöglich machte.

Ich seufzte. So müde, schlapp und benebelt, wie ich mich fühlte, hatte ich einfach keine Kraft, mich zu wehren. Dieser Zeitpunkt war genauso unpassend wie jeder andere auch – und hatte ich nicht tatsächlich die ganze Zeit versucht, mit ihr zu sprechen, und sie war mir immer wieder entwischt? Ich hielt also meinen leeren Blick weiter auf den Fernseher gerichtet, sodass Vinci zufrieden war. Er verlangte hundertprozentige Konzentration auf seine Lieblingsfiguren, sonst drohte Folter bis aufs Blut. Stumpfsinnig verfolgte ich das Massaker eines Schwammes am Meeresboden, während Mitu es sich gemütlich machte – in meinem Hirn wohlgemerkt. Sie ließ sich nicht blicken, denn auch das hätte Vinci abgelenkt.

»Warum kann er dich eigentlich sehen?«, fing ich an. Eine der eintausenddreihundertdreiundsechzig Fragen, die ich an Mitu hatte.

»Keine Ahnung. Es gibt wohl Leute, die Wesen wie mich sehen können, und es gibt welche, die können es nicht. Er ist wirklich süß. Schau nur, wie er jetzt mit den Fingern in den Haaren spielt. Woher hat er nur diese wunderbaren Löckchen?« Sie kicherte wissend. »Puh, er wird sie später verfluchen. Mit vierzehn wird er noch immer aussehen wie ein Engelchen, er wird Dauergast beim Friseur werden und sich trotzdem schwarzärgern, bis er feststellt, dass die Mädchen es toll finden und von seinen Haaren schwärmen.«

Aha, das war ja hochspannend. Wen bitte interessierten jetzt die Haare meines kleinen Bruders?

»Lenk nicht ab, du wolltest ein Gesprrrrähähähch«, äffte ich sie nach. Ich wollte ein paar handfeste Informationen von Mitu. Es war schließlich nicht so einfach, plötzlich einen gespiegelten Doppelgänger zu haben und sein Hirn teilen zu müssen.

»Guter Gedanke, das mit dem Teilen«, griff Mitu meine Überlegung auf. Da! Nichts gehörte mir mehr allein, nicht einmal mehr meine allergeheimsten Geheimüberlegungen.

»Hat dir sowieso noch nie allein gehört, nur bekommst du es jetzt eben mit. Normalerweise merkt ihr das nicht.«

»Oh spitze, könntest du bitte ein wenig genauer werden? Ich habe heute Morgen wirklich keinen Nerv auf Ratespielchen.«

»War ja auch eine turbulente Nacht. Du kannst froh sein, dass ich so gut auf dich aufpasse.«

Ich runzelte die Stirn, als in der Werbepause zwei kleine Mädchen verzückt mit sprechenden lila Stoffkaninchen schmusten und ihnen rosa Glitterspritzen verabreichten. Hatte mir so etwas früher auch gefallen? Kamen aus dieser Zeit die rosafarbenen Ponys mit lila Stall und türkisfarbenen Bürstchen?

»Du passt nicht auf mich auf, du gibst dein Bestes, mich umzubringen.«

»Aber nein, das meine ich nicht.«

»Was dann?«

»Dazu muss ich ein wenig ausholen und du musst mir versprechen, es keiner Menschenseele weiterzusagen. Erstens glaubt dir sowieso niemand und zweitens würdest du dann in der Anstalt landen.«

»Früher haben mir meine Eltern gesagt, es gibt Geheimnisse mit gutem Gefühl, die darf man für sich behalten, und es gibt Geheimnisse mit schlechtem Feeling, die man beichten muss. Warum nur habe ich die Ahnung, dass ich gleich ein ganz schlechtes Gefühl haben werde?«

»Das kommt darauf an . . .«, zögerte Mitu. Ich spürte ihre Nähe. Das war nicht wirklich unangenehm, eher ein kleines Unbehagen, das mir verriet, dass sie hinter dem Sofa lag. Unbequem und staubig. Das Kitzeln des Staubes konnte ich selbst in der Nase fühlen.

»Was machst du dahinten?«

»Ich konzentriere mich auf dich. Ist mir ziemlich egal, wo ich bin, ich habe ja keinen eigenen Körper. Ist deiner. Außerdem kann Vince mich hier hoffentlich nicht sehen.«

»Stimmt auch wieder, aber können wir jetzt mal zur Sache kommen? Zum Beispiel, wo du herkommst und was du hier machst?«

»Dann lass mich doch mal ausreden und lenk nicht immer ab.«

»Ich bin ganz Ohr.«

Tom jagte Jerry über den Bildschirm. Endlich eine Sendung mit Klasse.

»Du siehst mich als Spiegelbild und das hat seinen Grund.«

»Oh Mann, wie du aus dem Spiegel herausgekommen bist, das war echt zum Gruseln.«

»Nein, das meine ich nicht. Ich bin einfach noch ein wenig ungeübt, mit der Zeit wird das aber sicher besser.«

Schockiert war ich kurz davor, hinter das Sofa zu klettern, Mitu an den Schultern zu packen und sie kräftig durchzuschütteln. »Was heißt hier mit der Zeit! Was willst du eigentlich von mir?«

»Jetzt bleib mal locker, ich will es dir ja gerade erklären. Ist nicht so einfach.«

Jerry zerdepperte gerade eine Schüssel an Toms Kopf und ich konnte mir gut vorstellen, wie eine doppelt so große Schüssel an Mitus Kopf zerschellte. Das Bild gefiel mir.

»Mann, wie brutal du sein kannst. Ich habe dir ja schon mal erklärt, dass ich kein Geist bin und auch keine Krankheit. Spiegelwesen trifft es schon eher, ich bin ein Spiegelbild deiner selbst, mit Eigenschaften, die in dir schlummern, die du aber nicht so richtig ausleben kannst oder willst. Zum Beispiel bist du eben eine langweilige Trantüte und ich hab gerne meinen Spaß. Wenn du also mich mal ranlassen würdest an die Zentralsteuerung, wärst du so wie ich. Und selbst wenn du es nicht tust, hast du die Möglichkeit, die Kräfte zu nutzen, die du in dir trägst.«

Mir schwirrte der Kopf. Wollte ich das wirklich alles wissen?

»Aber es geht noch weiter. Ich bin nicht allein, wir sind ganz viele! Da gibt es noch Mela, die ist sanft und leise, und natürlich Miriam, die ist furchtbar schlau, und Mara, die ist echt der Knüller, die solltest du möglichst nie rauslassen . . .« Es polterte in meinem Kopf, als hätte jemand darin nicht nur eine Schüssel, sondern einen ganzen Schrank mit Geschirr zertrümmert. Die Kopfschmerzen drohten, mich zu zerreißen, grelle Blitze zuckten vor meinen Augen.

»Ohh«, stöhnte ich.

»Mann, Maja, das war noch gar nichts, jetzt musst du gucken, da schau, jetzt geht's erst richtig los.« Vince hatte, ohne den Blick vom Bildschirm zu wenden, meine Hand gefasst und pulte an meinen Nägeln vor Aufregung.

»Ja, Vinci, ich schau ja schon«, ächzte ich matt. Aber hallo, es war Ruhe in meinem Kopf! Mitu hatte den Sender ausgeschaltet und schwarze, bleierne Stille erfüllte mich. Oder doch nicht? Schwer schlossen sich meine Augen.

Ich landete mitten in einem heftigen Streit. Mitus zeternde Stimme drang aus einem Raum, den ich wie durch ein Fenster betrachtete. Ich stand draußen, drinnen tobte eine Diskussion, flogen die Fetzen, hörte ich wütendes Schimpfen und beschwichtigende Rufe.

Da muss man ja schon ein bisschen näher ran, um besser verstehen zu können, oder? Vorsichtig beugte ich mich nach vorne, ging noch einen Schritt und schwupps, war ich mitten im Geschehen.

Aufgeregtes Gewisper ertönte um mich herum, ein Schwirren, Flattern, ein Huschen, als würden hundert Mäuse in ihren Löchern verschwinden, dann wieder Stille. Und Mitu.

»Hey, das ist jetzt aber echt bescheuert«, schimpfte sie, ihre Hände griffen nach mir, zogen mich zum Ausgang, und bevor ich die kleinste Chance hatte zu erkennen, wo ich gelandet war, lag ich schon wieder neben Vince auf dem Sofa, verwirrt und benebelt.

»Also, was hast du dir nur gedacht! Das kann gefährlich sein!« Zum ersten Mal schimpfte Mitu mit mir und nicht umgekehrt. Und dazu noch völlig zu Unrecht. Ich hatte überhaupt nichts gemacht!

»Oh Mann, gerade noch gut gegangen, das nächste Mal bleibst du schön, wo du bist, ist das klar?«

Mir war immer noch schlecht. Und schwindlig, als wäre ich drei Runden Achterbahn gefahren. Aber ich wollte auch dringend wissen, was ich gesehen und gehört hatte.

»Was war das, Mitu, mit wem hast du geredet?«

Mitu zögerte kurz, dann sagte sie unzufrieden: »Na gut, irgendwann muss ich es dir ja sowieso erklären. Warum also nicht gleich . . . Das waren deine anderen Spiegelpersonen. Ich hab ja vorhin schon von Mela, Miriam und Mara erzählt, aber natürlich gibt es noch viele andere. Die meisten sind allerdings nicht so stark.«

»Ja, alles sonnenklar«, seufzte ich, »ich kapiere kein Wort. Könntest du noch mal von vorne anfangen?«

»Ich war doch gerade dabei, dir zu erklären, wie das so ist mit uns, ja? Also, die drei haben gelauscht, klar, das ist unsere Lieblingsbeschäftigung, und Mara fand es nicht gut, was ich über sie gesagt habe. Da hat sie angefangen zu randalieren. Im Spiegelsaal, das muss man sich mal vorstellen! Was da alles kaputtgehen kann! Die anderen haben versucht, sie zurückzuhalten, aber na ja, dann bist du aufgetaucht.«

»Ich verstehe gar nichts, Mitu, und ich habe fürchterliche Kopfschmerzen.« Es gab Dinge, die konnte man einfach nicht verstehen. Überhaupt, das war doch der totale Schwachsinn. Spiegelsaal? Mela, Miriam, Mara? Ich mochte nichts mehr davon hören. Ich wollte einfach nur hier sitzen und mich freuen, wenn Jerry Tom die Bratpfanne über den Hintern zog. Demonstrativ starrte ich auf den Bildschirm.

»Na gut, wir machen eine kleine Pause«, lenkte Mitu nach einigem Zögern ein.

Auf der Treppe waren schlurfende Schritte zu hören. Papsi nahte. Mitus flimmernde Gestalt war gerade durch die Wohnzimmertür verschwunden, als sein zerstrubbelter Kopf erschien.

»Morgen zusammen«, murmelte er verschlafen. »Ihr seid ja schon früh auf.« Ja, tatsächlich!

»Was läuft denn Schönes?« Sein Blick suchte den Fernseher, sein Gesicht drückte Leere aus.

Hier war dringend eine Tasse Kaffee notwendig. Schon allein der Geruch würde auch mir helfen, wieder einen klaren Kopf zu bekommen.

»Soll ich dir einen Kaffee machen, Papsilein?«

»Ja gerne, wenn du magst.« Auch er erlag dem Charme der Kindersendung, plumpste auf das Sofa und erstarrte in Glotzhaltung. Natürlich nicht, ohne sich vorher Vinci zum Kuscheln geschnappt zu haben. Pech gehabt. »Weggegangen, Platz gefangen«, hörte ich schon Vinci schreien, doch er war gefesselt von ultrahässlichen Monstern, die aus einem Joghurtbecher hervorquollen, und bemerkte kaum, dass nicht mehr ich, sondern Papa an seiner Seite saß.

In der Küche tobte sich bereits Mitu aus. Wasser an, Wasser aus. Herdlicht an, Licht wieder aus. Mixer an, Mixer aus. Als sie sich an der nagelneuen, superteuren, original italienischen Espressomaschine zu schaffen machte, schritt ich ein.

»Nur mit den Augen gucken, die Finger bleiben weg«, befahl ich.

Jeden meiner Handgriffe beobachtete sie konzentriert. Es ärgerte sie maßlos, dass sie der Maschine noch keinen brauchbaren Kaffee hatte entlocken können. Dabei war es eigentlich ganz einfach: Kapsel einsetzen, Wasserstand prüfen, Tasse drunter, Knopf drücken, Milch aufschäumen und fertig. Die Maschine rülpste, schnaufte und schoss mir dann ihren Kaffee mit voller Kraft direkt auf die Brust.

Heiß! War mein zweiter Gedanke. Der erste gehörte Mitu, die irgendetwas an der Maschine verstellt haben musste und die ich nun gerne gefesselt und geknebelt im nächsten Fluss versenkt hätte.

Da kam auch schon mein lieber Papa mit verstörtem Gesicht angerannt, riss mir das Schlafshirt vom Leib und versuchte, mich kopfschüttelnd abzutrocknen. Gut, dass er immer Milchkaffee wollte, der war nicht ganz so kochend heiß und ich hatte nur eine große, leicht gerötete Stelle auf dem Dekolleté, die bald verschwinden würde. Sogar Mitu schaute betreten drein.

Wortlos half ich mit einem Geschirrtuch um die Schultern, den Boden zu wischen, und verschwand danach unter der Dusche. Ein Ort ohne Mitu. Der einzige Ort, den sie anscheinend als privat respektierte. Oder waren Spiegelgestalten wasserscheu?

Während mir das warme Wasser über den Körper rann, huschten die verwirrenden Bilder meiner Träume, Mitus ungeheuerliche Geschichten und das belauschte Streitgespräch durch meinen Kopf.

Sollte ich das nun gut finden oder weinen vor Schreck? Ich konnte es als Hirngespinst abtun, doch Mitu war ja hier und all der Wirrwarr, den sie anstellte, war mehr als real. Trotzdem – normal war es nicht, was mir gerade widerfuhr. Jedenfalls hatte mir noch niemand erzählt, dass er eben mit seinem Doppelgänger über merkwürdige Spiegelbilder palavert hatte. Und mir war auch nicht bekannt, dass Mamas, Papas, Klaras oder Gustavs Spiegelbilder deren Häuser verwüsteten und sie in peinliche Situationen brachten.

Eines aber musste man Mitu lassen: Sie hatte mich neugierig gemacht. Die Sache mit dem Spiegelsaal bohrte und nagte an mir und ich würde nicht ruhen, bis ich genau wusste, was es damit auf sich hatte. Das war so sicher wie der Mathetest morgen früh. Punkt.

Mitu gönnte mir einen unbeschwerten Sonntag mit Vinci und Papa. Fast hätte es ein Tag wie jeder andere werden können. Natürlich geisterten mir immer wieder ihre komischen Geschichten im Kopf herum, als wären sie Disteln, die hartnäckig zwischen dem Salat wucherten. Doch ich zupfte die Unkraut-Gedanken schnell heraus und warf sie in die Biotonne meines Hirns.

Wir machten gerade die Fahrräder für einen Ausflug startklar, als die Hundenachbarin Frau Bombach fröhlich winkend an unserem Haus vorbeiging. Die kleine Mausi blieb kurz stehen und schnupperte vorwitzig an unserem Gartentor, als auch schon eine schwarz getigerte Pfote aus der Hecke schoss und ihr einen deftigen Hieb über die Schnauze gab. Dass so ein kleiner Hund laut wie eine Kreissäge jaulen konnte! Mit eingezogenem Schwanz sauste Mausi ihrem Frauchen nach, das sie tröstend auf den Arm nahm. Na, die beiden würden wohl nicht so schnell wieder bei uns vorbeikommen.

»Kennst du die Frau?«, fragte Papsi abwesend, während er Luft in einen Reifen pumpte.

»Nö, nicht wirklich, sie wohnt hier in der Nähe und in letzter Zeit laufen wir uns irgendwie andauernd über den Weg«, antwortete ich, was ja nicht gelogen war und was Papa auch nicht weiter interessierte.

Interessant fand ich aber, dass sich Mitu Herkules vorgenommen hatte und heftig auf ihn einredete, während er sich schnurrend vor ihr auf dem Rücken rekelte und frech nach ihren durchsichtigen Fingern angelte. Die Predigt hätte sie sich schenken können. Herkules besaß so wenig moralische Bedenken wegen seiner Hundeattacken wie Mitu selbst bei ihren Angriffen auf mein Wohlbefinden.

Als wir mit den Fahrrädern zum nächsten Abenteuerspielplatz fuhren, balancierte sie giggelnd auf meinem Gepäckträger. Ihre anfängliche Skepsis gegenüber dem Drahtesel hatte sich in glühende Begeisterung verwandelt. Am liebsten wäre sie selbst gefahren und hätte mich auf den Gepäckträger verbannt. Nicht auszudenken, was dann die Leute gesagt hätten! Die Tour ging auf einem holprigen Asphaltweg an unserem beschaulichen Bach entlang, quer über einen Trampelpfad durch den hellen Sommerwald bis zum Spielplatz. Der schöne Tag, die klare Luft und Vincis ausgelassene Freude über den bevorstehenden Nachmittag ließen uns flitzen wie die Henker.

»Och, pass doch auf!«, kreischte Mitu vergnügt, als ich über ein besonders tiefes Loch polterte.

»Autsch, mein Hintern!«, tönte es hinter mir, als ich einige herausragende Wurzeln im Renntempo nahm.

»Ich dachte, es macht dir Spaß«, murmelte ich grinsend. Vielleicht würde ich es schaffen, sie abzuwerfen.

»Denk nicht einmal daran«, rotzte sie mich an und krallte sich fest in meine Taille.

»He, das kitzelt!« Warum konnte ich nicht besser aufpassen! Wieder war mir ein Schrei laut entfahren und wieder guckte Papa besorgt und Vinci überaus belustigt. Ich dankte Gott, dass er so ein cleveres Kerlchen war und nicht permanent Bemerkungen über meinen Fahrgast machte.

»Alles klar, Maja?«, fragte Papa.

»Völlig superbene, ich hab nur was im Schuh«, redete ich mich raus.

»Ist ja nur noch ein kleines Stück oder sollen wir kurz anhalten?«

»Nee, geht schon, lass uns weiterfahren.«

Vincis gute Laune war in Quatschlaune umgeschlagen und er versuchte frech, mich anzurempeln. Genauer gesagt, er versuchte, Mitu anzurempeln, was uns ganz schön ins Schlingern brachte. Zu seiner großen Freude wehrte sie ihn immer wieder kreischend ab, indem sie mit den Füßen nach ihm strampelte.

Meine Fahrt wurde dadurch nicht stabiler. Das Rad schwankte bedenklich.

»Hee, jetzt hört aber mal auf«, schimpfte ich, als ich gerade noch einem Baum ausweichen konnte, der mir plötzlich im Weg stand.

»Ha, das hättest du wohl gerne«, rief Vince und rempelte wieder mein Hinterrad an. Dieses Mal hatte ich keine Chance gegen die ausladende Wurzel einer dicken Buche. Ich sauste darauf zu, das Vorderrad blieb hängen und knickte zur Seite, das hintere Rad flog in die Luft und katapultierte Mitu und mich in hohem Bogen ins Dickicht. Autsch. Schon wieder. Kaum war die eine Prellung abgeklungen, fing ich mir gleich neue Verletzungen ein.

»Maja, um Himmels willen!«, schrie mein geplagter Papa, kehrte schnurstracks um und eilte mir zu Hilfe. Die brauchte ich auch, hing ich doch in den meterlangen Ranken eines Brombeergebüschs fest. Vince staunte ungläubig, was sein bisschen Schubsen angerichtet hatte.

»Verdammt und verflixt«, fluchte ich ungnädig. Immer wieder hakten sich fiese Dornen in meiner Haut und meiner Kleidung fest.

»Das ist ja das Allerletzte, autsch«, jammerte ich weiter. Oh, das tat vielleicht weh! Papsi stampfte das Gebüsch rings um mich herum kurzerhand zu Boden. Sacht nahm er dann Ranke für Ranke und befreite mich aus ihren Fängen, nicht ohne selbst die eine oder andere Schramme abzubekommen.

Ich blutete. Am Kinn, an den Ellenbogen und Knien und aus Kratzern an Armen und Beinen. Nicht wirklich schlimm – aber hässlich. Gar nicht T-Shirt- und Minirock-tauglich. Was nutzte die schönste Vorsommerbräune, wenn man schrundige Knie und Ellbogen hatte!

»Oh Maja, das tut mir so leid«, heulte Vince unglücklich. »Das wollte ich nicht.« Betreten schaute er mich an, dicke Schrecktränen hingen in seinen Augen. Der schöne Nachmittag. Ich wollte ihn doch nicht verderben. Also musste ich die Zähne zusammenbeißen und tapfer sein.

»Ach Vinci, das war genauso meine Schuld. Ich hätte besser aufpassen müssen. Jetzt reg dich nicht so auf, das wird schon wieder.« Obwohl ich selbst Trost gebraucht hätte, drückte ich Vince beruhigend an mich.

Papsi kümmerte sich um mein Fahrrad, das glücklicherweise unversehrt war.

»Weißt du was«, heroisch ignorierte ich das heiße Brennen der zerkratzten Körperstellen, »ich fahr einfach wieder heim, verarzte mich und ihr geht weiter zum Spielplatz. Es wäre doch schade, wenn der Ausflug jetzt schon beendet wäre.«

»Aber Maja, wir wollten doch Fußball spielen und die Riesenrutsche runtersausen.«

»Wird wohl nichts. Mir ist echt nicht mehr so nach Riesenrutsche. Schnapp dir Papa, das wird genauso lustig.«

»Und die?«, schniefte er mir leise zu und verdrehte die Augen in Richtung Mitu, die füßebaumelnd auf einem Baumstumpf saß und ihm – unglaublich, wie frech sie war! – zuzwinkerte.

»Die nehme ich mal schön mit«, flüsterte ich zurück, »sonst passiert noch mehr Quatsch.«

Mit einem letzten verzweifelten Aufheulen fand er sich mit dem geänderten Programm ab. Er tat mir schrecklich leid. Doch, tja, ein Leben mit Mitu bedeutete ein Leben voller Enttäuschungen und Strapazen. Das hatte ich inzwischen begriffen. Ungeniert gab ich ihr die komplette Schuld an dem Desaster.

Auch Papa ließ sich schließlich überzeugen, dass ich alleine nach Hause fahren konnte. Ein wenig Desinfektionsmittel würde genügen und ich wäre wie neu. So erklärte ich ihm die Sachlage zumindest. Und als ich dann noch hinzufügte, dass es ja auch etwas Gutes hätte, weil ich jetzt mehr Zeit hatte, um für die Klassenarbeiten zu lernen, da war er restlos überzeugt.

Kapitel 8

Als Papa und Vince Stunden später erschöpft und strahlend wieder eintrudelten, hatte ich es tatsächlich geschafft, einen ordentlichen Brocken Schulstoff durchzuarbeiten und über eine Stunde mit Klara zu telefonieren. Ich war zufrieden mit mir. Mitu, völlig handzahm und verträglich, hatte die Zeit auf dem Sofa oder im Garten verbracht, gelesen und mich in Frieden gelassen. Wunderbar.

Natürlich saßen wir noch beim Abendessen, als Mama am Abend kam, um Vince abzuholen. Wir waren mal wieder heillos verspätet, doch sie meckerte schon allein deshalb nicht, weil sie nicht zu Wort kam. Die aufregenden Erlebnisse quollen unaufhaltsam aus Vince heraus und über Mama hinweg, als wäre er die überkochende Milch und sie die kleine Gasflamme, die tapfer gegen das Erlöschen ankämpfte. Je mehr Vince erzählte, desto weniger Zeit blieb für mich. Das war ausnahmsweise in Ordnung so. Eigentlich hätte ich jetzt sauer sein müssen, weil Vince mal wieder alle Aufmerksamkeit für sich beanspruchte. Ich meine, Mom kümmerte sich doch sowieso die ganze Woche um ihn, oder? Da wäre es ja mal ganz nett, wenn ich wenigstens am Wochenende zwei oder drei Worte mit ihr wechseln könnte. Wie gesagt, normalerweise wäre das ein ausreichender Grund für einen Ausbruch in Vesuv-Stärke gewesen. Aber jetzt überließ ich ihm Mama gnädig und versteckte mich hinter meiner Butterbrezel. Nutzte nichts. Mom suchte meinen Blick und brachte Vince mit einer Handbewegung zum Schweigen. Wow, das funktionierte sogar. Papa erkannte die Zeichen und beförderte Vince aus der Küche. »So, ich suche jetzt deine Zahnbürste und du schaust nach Leon und Mucki. Nicht dass die beiden eine Woche Urlaub bei uns machen.« Leon und Mucki waren Vincis Lieblingsschmusetiere und die bloße Vorstellung, eine Woche ohne sie auskommen zu müssen, ließ ihn panikartig die Treppe hochsausen.

Papa folgte ihm und Mama und ich blieben in der Küche zurück.

»Und du, Maja, geht es dir besser? Du siehst aus, als hättest du mit einem Tiger gekämpft. Wie war das mit deinem Fahrradunfall? Ich habe nicht ganz kapiert, was Vince sich da wieder zusammengereimt hat.«

»Nee, stimmt schon, wir hatten einen kleinen Crash mit dem Fahrrad. War aber nicht so schlimm, wir haben rumgeblödelt und ich bin über eine Wurzel gesaust. Na ja, und dann in einer Brombeerhecke gelandet, aus der mich Papa befreien musste. Das war alles. Das Fahrrad ist auch noch heile.« Ich zuckte gelassen mit den Schultern.

»Oh, Maja, du hast gerade wirklich eine schreckliche Phase. Es ist unglaublich, was dir alles passiert!«

Das konnte man laut sagen, doch ich beließ es bei einem »Nö, wieso, findest du?« und mummelte an meiner Brezel.

»Kannst du morgen zur Schule? Ich meine, laufen geht ja wieder, oder?« Sie kniete vor mir nieder und nahm mich in ihre Arme. Trotz fettigem Butterbrezelmund, der sich gegen ihre Jacke drückte. Ach, Mama, dachte ich, wäre schon gut, wenn du hier wohnen könntest.

»Klar, sind ja nur ein paar Kratzer.«

Und fast, weil sie mich so festhielt und mir ganz warm wurde und ich gleich losheulen würde, fast hätte ich ihr von Mitu erzählt. Doch da kamen Papa und Vince zurück, mein kleiner Bruder schon komplett mit Jacke und Schuhen und gepacktem Rucksack. Ich seufzte und löste mich aus Mamas Umarmung. Ich verstand einfach nicht, warum wir vier hier herumklemmten und unglücklich dreinschauten, weil wir uns gleich trennen mussten und das eigentlich gar nicht wollten. Weshalb mussten wir in zwei Wohnungen wohnen, wenn es uns doch alle traurig machte? Mein Mund verzog sich, doch kurz bevor ich in Tränen ausbrechen konnte, zupfte mich Mitu am Ohrläppchen und flüsterte mir zu: »Lass sie mal, die Erwachsenen. Wir können es nicht ändern und verstehen können wir es auch nicht. Gute Miene zum blöden Spiel machen, ja?«

Meine ausgeflippte Erscheinung hatte recht, also atmete ich tief durch und kuschelte Vince, bis er quiekte, als wäre er ein Riesenschmusetier mit eingebauter Quietschfunktion.

»Loslassen Maja, ich krieg keine Luft! Nächstes Mal zeig ich dir mein neues Marsmobil, tschschschrrrrrrrrum macht das, da fällst du glatt um.«

Schon ganz in Gedanken an Raumfahrtroboter und feindliche Attacken schnappte sich Vince seine Jacke und sauste zum Auto.

»Tschühühüss«, brüllte er aus Leibeskräften und knallte mit der Tür, ohne sich noch einmal umzusehen.

»Na, und? Bist du schon gespannt, was an deinem Geburtstag läuft?«, fragte Mama, schon halb aus der Tür. Ach, der Geburtstag schon wieder. Ich durfte mich nicht einmischen. Es sollte eine Überraschung werden, hatte sie mir verraten.

»Äh, ja, Mama, schrecklich gespannt, echt. Es wird sicher ganz großartig«, stammelte ich und mir wurde ganz schwummrig bei dem Gedanken, was meine Eltern bei einer Geburtstagsplanung alles falsch machen konnten. Das konnte leicht nach hinten losgehen, ich sah schon Peinlichkeiten ohne Ende. Zum Beispiel einen Geburtstagsclown. Oder eine Pyjamaparty. Oder noch schlimmer, einen Ausflug in den Zoo. Meine einzige Chance auf ruhigen und unbesorgten Schlaf in den kommenden Nächten war, auf keinen Fall darüber nachzudenken, was alles passieren konnte, und so drückte ich Mom brav einen dicken Kuss auf die Wange und schob sie mitsamt allen Geburtstagsgedanken aus der Tür.

Mitu hielt sich vornehm zurück, während Papa und ich das Haus wieder von Vincis Spuren reinigten und auch, als ich noch ein bisschen am Computer unterwegs war. Doch das sollte mich wohl nur in Sicherheit wiegen, denn am Abend tauchte sie dafür umso hartnäckiger wieder aus der Versenkung auf.

Sie ließ sich nicht abschütteln, und obwohl ich ihr klargemacht hatte, dass ich ausgerechnet jetzt gar keine Zeit für ihre Geschichten hatte, blieb mir nichts anderes übrig, als mich zu fügen wie ein Schaf dem Hütehund. Also schloss ich streng nach Mitus Anweisung die Augen, konzentrierte mich ganz auf ihre Stimme, driftete weg ... und spürte ein seltsames Aufzuggefühl. Ich riss erschrocken die Augen auf, denn etwas ganz und gar Unglaubliches war mit meinem Kopf geschehen.

Schon die Bezeichnung »mein Kopf« schien plötzlich nicht mehr zu passen. Es war ein großer, nahezu grenzenloser dunkler Raum ohne erkennbare Decken und Wände, in dem nebulöse Gestalten aufgeregt hin und her huschten. Gestalten, die alle mehr oder weniger ähnliche Ausgaben meiner selbst waren. Mitu war bei mir, umringt von undurchschaubarem Gewusel und Geschnatter, Flüstern und Jammern. Immer wieder traf mich ein Blick, schwenkte wieder weg, doch mit einem Mal verschwand das ganze Geflatter im Irgendwo. Ganz so, wie es heute früh gewesen war.

»Herrje, was für eine Aufregung«, schüttelte sich Mitu.

Inzwischen hatte sich der Raum geordnet und ich konnte Einzelheiten wahrnehmen. Als hätte mir eine freundliche Person Licht gemacht, war die Dunkelheit so weit verschwunden, dass ich Decken und Wände erkennen konnte. Doch auch jetzt hatten sie noch keinen Anfang und kein Ende, der Raum schien unendlich groß und veränderte sich ständig. Schaute ich auf eine Wand, sah ich diese kleine Stelle glasklar und messerscharf. Wollte ich wissen, was sich daneben befand, musste ich mich erneut genau darauf konzentrieren.

Staunend sah ich mich um. Die bunten Wände waren mit zahlreichen Bildern und Spiegeln geschmückt, die in unterschiedlichsten Rahmen steckten. Links hing ein üppiges Stück mit grotesk verschnörkelten Verzierungen im silbernen Rahmen, ein Stückchen weiter befand sich ein Spiegel mit so schlichtem Goldrahmen und fein geschliffenem Glasmuster, dass ich sofort hingehen und hineinschauen wollte. Auf tiefblauer Wand hing völlig isoliert ein großer Zerrspiegel, wie ich sie aus Museen oder Zoos kannte, und ein Stückchen weiter hinten war eine Stelle geradezu gepflastert mit kleineren und größeren Spiegelchen, die kreuz und quer durcheinanderhingen.

Endlich konnte ich auch die Decke erkennen, die keine war. Ein spiegelnder Himmel mit hellem, glänzendem Licht und unendlicher Tiefe. Ich konnte mich genau sehen, wie ich da stand, den Kopf in den Nacken gelegt. Ich breitete die Arme aus, drehte mich langsam im Kreis und beobachtete mich hingerissen. Der Himmelsspiegel zeigte eine fliegende Maja mit riesigen, verwunderten Augen, die kopfüber auf mich zuzuschweben schien – im Nacht-T-Shirt allerdings, was die Wirkung ein wenig minderte.

Über den Himmelsspiegel sah ich nun auch ein Ende des Raumes. Langsam senkte ich die Arme und ging darauf zu. Dort hing das spiegelverkehrte Exemplar meines schönen vergoldeten Prachtspiegels.

Ich stellte mich davor, streckte wieder die Arme aus und wackelte mit dem Kopf. Alles in Ordnung, der Spiegel zeigte brav mein Bild. Aber halt. Ich kniff die Augen zusammen. Wenn ich genau schaute, konnte ich durch mein Spiegelbild hindurch direkt in mein Zimmer schauen. Ich war hier und gleichzeitig dort, denn eindeutig lagen ich oder mein Körper oder eine leere Hülle in meinem Bett.

»Mitu, was soll das?«, fragte ich mit aufsteigender Panik in der Stimme.

Ihre Stimme zitterte vor Stolz. »Das hier ist unser Spiegelsaal.«

»Und da draußen?«

»Das bist du in deinem Zimmer, also ich meine, dein Körper. Ich habe dich mal hochoffiziell mit hierher genommen, damit es nicht wieder zu solch einem Zwischenfall kommt wie – na ja, du weißt schon.«

»Ich kapier wieder gar nichts. Wieso ging das so einfach? Ohne dieses Ziehen und Zerren. Als du das erste

Mal durch den Spiegel gekommen bist, glich das einer Horror-Gespenstershow und hat mir den Schrecken meines Lebens beschert. Jetzt habe ich kaum etwas bemerkt.«

»Ja ähm, also ...« Mitu war das Thema unangenehm. Mit zerknirschtem Gesichtsausdruck gestand sie: »Ich hatte ja selbst keine Ahnung, wie das geht, also musste ich erst ein wenig rumprobieren. Das war für dich etwas unangenehm, fürchte ich. Tut mir leid, wirklich.«

»Du meinst, nur weil du eine unfähige Anfängerin warst, hatte ich plötzlich zwanzig Zehen und hab nicht mal mehr mein eigenes Ohr gefunden? Na super!« Ich schüttelte den Kopf, das wurde ja immer besser.

»Ich hab doch schon gesagt, dass es mir leidtut! Wird auch nie wieder vorkommen. Und jetzt schau dich lieber hier um, ich erklär dir alles.«

Mit einer großen Geste deutete sie in die Unendlichkeit des Raumes.

»Darf ich vorstellen, unser Spiegelsaal. Schau, wir sind wie eine große Familie. Wir mögen uns, wir streiten, wir brauchen unsere Gemeinschaft, aber auch Ruhe. Der Spiegelsaal hier ist unser Gemeinschaftsraum. Jede kann hier sein, mitreden und dir zuschauen, was du da draußen anstellst. Und wenn man genug hat von alldem, dann geht man wieder in seine eigene Spiegelwelt zurück. Jeder Spiegel ist die Welt einer Persönlichkeit. Mela, Miriam, Mara und so weiter.«

Sie beugte sich verschwörerisch zu mir hinüber. »Miriam hat, glaube ich, einen ganzen Bunker mit Wissen angelegt. Wenn du wüsstest, was du alles weißt, kein Fitzelchen ist ihr verloren gegangen. Komm, ich zeig es dir.«

Sie schleppte mich zu dem schlichten Goldrandspiegel. »So, guck mal hier rein. Miriam, voll in Aktion.«

Ich schaute und staunte. Eine riesige Bibliothek tauchte im Spiegelbild auf und ich war mittendrin. Also natürlich nicht ich, sondern ein Spiegelwesen, das aussah wie ich. Geschäftig sauste sie hin und her, stapelte Bücher, sortierte Papierstapel, las und schrieb, fügte Notizen hinzu und verschwand dann im Hintergrund.

»Äh, warte mal.« Mitu konzentrierte sich auf Miriams Spiegel, bis ein neues Bild erschien: Miriam, wie sie durch endlose Gänge spazierte, sich mal hier und mal da bückte, eine Blume aufhob, ein Bild von der Wand nahm und Beutelchen ordnete, deren Inhalt ich nicht ausmachen konnte.

»Was macht sie da?«, krächzte ich, froh, überhaupt einen Ton herauszubekommen.

»Sie sammelt. Alles, was dir so im Kopf herumschwebt und was du sonst vielleicht vergessen würdest. Sie liebt Wissen. Und sie kann Latein. Wärst du wie sie, dann bräuchten sich deine Eltern über Schulnoten keine Gedanken mehr zu machen, dann wärst du Maja, die Superschlaue, die Einserschülerin, das Genie. Bist du aber offensichtlich nicht!« Sie kicherte schadenfroh.

Na, das war bedauerlich. Ein wenig mehr könnte mich Miriam ruhig an ihrem Wissen teilhaben lassen, fand ich. Aber vielleicht tat sie das ja, wenn ich sie ganz lieb fragte.

»Kann sie mich hören?«

»Klar, du musst sie nur rufen. Aber jetzt nicht, du kannst sie später besuchen, komm, ich zeig dir noch jemand.«

Sie schubste mich weiter.

»Mela. Mela ist eine ganz Liebe. Leider aber auch etwas gutgläubig.«

Ich schaute in einen blumigen, rosarot verzierten Spiegel direkt in mein Gesicht. Täuschte ich mich oder sah dieses Gesicht ein wenig weicher und runder aus als mein wirkliches?

»Das ist nicht nett, was du da über mich sagst, Mitu. Wenn ich nicht wüsste, dass du es nicht so meinst, wäre ich sehr traurig.«

Sie drehte sich um und ging leichten Schrittes über eine unverschämt grüne Wiese mit tausend Blümchen und blühenden Bäumen zu einem kleinen Hexenhäuschen, das lauschig neben einem Bach stand, von einer großen Kastanie überdacht wurde und dessen Fensterbretter unter der Last ausufernder Blumenkästen fast zusammenbrachen.

»Mela ist sehr romantisch. Du würdest ihr einen großen Gefallen tun, wenn du baldmöglichst einen schönen Prinzen heiratest.«

»Also nee, wirklich. Dazu eigne ich mich nicht.«

»In Melas Dasein ist alles perfekt. Da gibt es keine dunklen Schatten, keine gruseligen Monster, keine Schreie und keinen Streit, nur schöne Dinge, harmonische Musik und niedliche Wesen.«

Ich dachte kurz darüber nach. Sicherlich schlummerte die Sehnsucht nach der schönen heilen Welt in mir. Keine Schulnoten, kein Stress, keine Schmerzen und kein Streit. In Melas Welt wäre unsere Familie noch beieinander, Mama und Papa würden sich lieben wie am ersten Tag und wir hätten nur Freude aneinander. Es wäre wunderbar – doch die Realität sah anders aus.

»Und du, hast du auch irgendwo einen Spiegel?«

»Klar, komm mit.«

Gemeinsam gingen wir zum goldenen Hauptspiegel zurück. Direkt daneben hatte sich Mitu platziert. Ihr Spiegel war sehr groß, fast so groß wie der goldene. Dafür war ihr Rahmen völlig anders: bunt mit fröhlichen Mustern, ein wenig chaotisch, sprühend vor Lebensfreunde.

»Schön, nicht wahr?« Zufrieden betrachtete sie das gute Stück und fuhr mit der Hand über gelbe und rote Punkte.

»Und drinnen?«

»Na ja, ist ja nicht viel los, wenn ich nicht da bin. Ich hab ein Kino, einen Sportplatz und ein Spielzimmer, so groß wie ein Fußballfeld, einen Wald, einen Spielplatz zum Klettern und natürlich einen Partykeller.«

»Einen Partykeller? Ist ja klasse. Und wen lädst du so alles ein?«

Jetzt zuckte sie bedauernd die Schultern.

»Das ist echt ein Problem. Ich kann mir eben nur vorstellen, dass Leute da sind. So eine richtige Party mit tausend Gästen, das funktioniert nicht.«

Traurig schaute sie in den Spiegel, der jetzt tatsächlich einen clubähnlichen Raum mit einer gigantischen funkelnden Discokugel und Vierfarb-Strahlern an der Decke zeigte. »Das richtige Leben ist etwas ganz Besonderes, etwas, das wir hier nie haben können. Deshalb mischen wir so gerne in deinem Leben mit. Wenn wir stark genug sind, so wie ich. Dann sind wir unschlagbar, haben Superkräfte und erreichen mit dir und deinem Körper zusammen Dinge, von denen du normalerweise nur träumen kannst. Für uns ist es sensationell, mitten im echten Leben zu stehen. Deshalb verursache ich so gerne Lärm und Chaos. Ich kann Wellen machen, also bin ich.«

»Ihr pfuscht also in meinem Leben herum, weil ihr neidisch seid?«

»Nein, so habe ich das nicht gemeint. Jeder hat seinen Platz, wir hier und du da draußen, das ist schon in Ordnung. Aber es bedeutet nicht, dass wir alles gut finden, was du den lieben langen Tag so treibst. Und wenn wir können, dann ... nun ja.« Sie biss sich auf die Lippen und schwieg.

»Ich merke also nicht, wenn sich eine von euch einmischt?«

»Normalerweise nicht.«

»Und un-normalerweise?«

»Es kommt darauf an. Und außerdem fragst du zu viel.« Wieder schwieg sie und starrte in ihren Spiegel. Ein Augenzwinkern lang verschwand sie, um kurzerhand in ihren Partykeller zu tauchen, die Musik aufzudrehen, dass mir die Ohren flatterten, und so wild und verrückt im Kreis herumzutanzen, dass ich nicht anders konnte, als lauthals zu lachen und mit dem Po im Rhythmus zu wackeln. Jetzt war ich die Zuschauerin, die durch Hochsicherheitsglas in eine fremde Welt starrte. Ich tanzte immer noch, als Mitu wieder neben mir erschien.

Ihre Augen blitzten lustig, wie ich es von ihr gewohnt war, und die kurze Wehmut war schon wieder vergessen. »So, das reicht für heute. Du hast ja selbst gesagt, dass du eigentlich keine Zeit für uns hast, sondern eine dringende Verabredung mit dem Sandmann.«

Sie packte mich an der Hand, zog mich zum Hauptspiegel, und ehe ich's mich versah, spürte ich wieder das Aufzuggefühl. Ich wunderte mich, wie einfach das ging. Mitu hatte wirklich viel gelernt. Für uns gab es kein splitterndes Spiegelglas, keinen schwindelerregenden Zeitenwechsel oder gefahrvolle Gänge, wie ich es schon oft in Fantasy-Geschichten gelesen hatte. Einfach durchgehen und fertig.

Kapitel 9

Ungefähr zweieinhalb Sekunden brauchte ich, um aufzuwachen, und noch einmal zwei Sekunden, bis mein elektrisierter Verstand begriff, wo ich war. Ein weiter Himmel über mir, Lichtreflexe, die über mein Gesicht glitten, unzählige goldene und bunte Rahmen ... Ich befand mich wieder im Spiegelsaal! Auf einem Sofa, liebevoll zugedeckt mit einer warmen Decke. Wie ging das denn?

Ich schnellte von meinem Lager auf, die Decke und ein kleines Zettelchen flogen zu Boden, das Sofa, auf dem ich gelegen hatte, wurde nach hinten gegen die Wand gestoßen – ohne laut zu rumsen. Automatisch griff ich nach dem Papier, las die Nachricht, ohne ein Wort aufzunehmen, warf es wieder weg und schaute mich panisch um. Was hieß da »Habe eine Überraschung für Dich, wollte Dich nicht wecken, schau mal durch den Hauptspiegel, liebe Grüße Mitu«?

Was bedeutete das? Wo war Mitu? Wo waren die anderen?

Zuerst beschleunigte mein Herz. Raus, ich musste raus hier.

Dann beschleunigte mein Verstand. Die Gedanken rasten wie irr gewordene Hunde im Kreis, bis sie sich verknotet hatten und ich gar nichts mehr denken konnte.

Dann verselbstständigten sich meine Beine, mein ganzer Körper. Ich hetzte im Spiegelsaal umher, guckte in alle Spiegel und konnte keine einzige der Bewohnerinnen entdecken. Aus der Panik wurden Wut und Verzweiflung und gerne hätte ich einen riesigen Prügel gehabt und ihn wild gegen alle Spiegel gehauen, um sie wieder loszuwerden.

Umsonst. Sackgasse. Ich hatte weder einen dicken Prügel noch die Möglichkeit, alleine wieder hier herauszukommen. Also warf ich mit sämtlichen Kissen um mich, die ich fassen konnte. Das waren verblüffend viele, und als sich vor dem Hauptspiegel eine Kissenburg aufgebaut hatte, wurde mir klar, dass ich das den ganzen Tag so weitertreiben konnte, ohne dass sich tatsächlich etwas ändern würde.

Ich saß fest. Ich war verschleppt, entführt. In diesen vertrackten Spiegelsaal, in einen Raum, den es nicht geben konnte, einem Gebilde, das sich merkwürdige Abwandlungen meiner Person, die es im Übrigen auch nicht geben durfte, ausgedacht hatten, um es ein bisschen nett zu haben. Wenn die ganze Situation nicht so komplett krank gewesen wäre, wäre ich wirklich auf der Stelle verrückt geworden. Wahnsinnig verrückt!

Nachdem mein erstes Toben ein wenig abgeklungen war, stromerte ich eine Weile unruhig an den Spiegeln entlang. Noch immer ließ sich niemand blicken. Keine Mara, keine Miriam und erst recht keine Mela oder andere Gestalten und schon gar keine Mitu. Dort weiter vorne thronte der Hauptspiegel und lockte mich mit bewegten Bildern. Aber ich hatte überhaupt keine Lust, Mitu durch den Spiegel zuzuschauen, wie sie mein Leben führte. Denn das tat sie ja wohl gerade. Ich wollte nicht sehen, wie sie an meiner Stelle zur Schule fuhr und wie sie sich an meiner Stelle durch die Mathearbeit quälte. Nein, ich hatte überhaupt keine Lust, sie jemals wiederzusehen!

Man kann ja nicht ewig in einem Raum herumlaufen, in dem es außer Spiegeln nichts gibt. Also suchte ich mir eine Stelle weit weg von irgendwelchen Spiegeln und ließ mich langsam an der Wand heruntergleiten. Platsch, saß ich auf meinem Po. Eine gemütliche Ecke wäre mir lieber gewesen, weiß der Himmel, wie lange ich hier festsitzen würde. Und vielleicht etwas zu lesen. Oder mein Nintendo? Ein Fernsehgerät? Ganz schön heftig, so gar nichts zu tun zu haben. Schlimmer als im Wartezimmer beim Zahnarzt. Einfach so still dasitzen und nachdenken, das ging bei mir nicht. Also zählte ich die Spiegel. Zumindest die, die ich sehen konnte, denn in einem unbegrenzten Raum können ja auch unbegrenzt Spiegel herumhängen, oder? Ich kam auf siebenundzwanzig. Wenig? Na ja, hinter jedem Spiegel gab es eine Version von Maja, was bedeutete, dass hier eine ganze Schulklasse unterschiedlicher Majas wohnte, und ich wollte mir plötzlich nicht mehr vorstellen, wie viele es tatsächlich waren.

»Es ist öde, allein herumzusitzen. Komm mit zu mir, da ist es schön.«

Ein zartes Stimmchen drang an mein Ohr. Oder besser gesagt, direkt in mein Ohr, weil neben mir eine Maja-Ausgabe saß. Ein Blick und ich erkannte Mela, die Sanfte, die Liebe. Sie hatte mein Unglück nicht ertragen können und war nun hier, um mich zu retten.

»Komm, ich lade dich ein. Du musst dich nicht sorgen, Mitu weiß schon, was sie tut. Sie ist mutig und schlau und lässt sich nicht unterkriegen!« Ein schwärmerischer Ausdruck erleuchtete Melas blasses Gesichtchen. Mitu hatte also eine Verehrerin.

Da wirklich alles besser war, als sich hier den Po platt zu sitzen, erhob ich mich. »Ja, warum nicht. Vielleicht kannst du mir auch noch verraten, wie ich wieder hier herauskomme. Ich habe nicht vor, Mitu kampflos mein Leben zu überlassen.«

»Ach, das musst du doch gar nicht. Mitu macht es schon richtig, keine Angst. Jetzt komm.«

Sie zog mich sanft zu ihrem blumigen Schnörkelspiegel. Ein Schritt, ein kurzes Aufzuggefühl und wir waren drinnen. In Melas höchsteigener Welt, einer Welt, die es nur hier gab. Nur für Mela. Von Mela ausgedacht, und zwar genau so, wie sie es sich wünschte.

Der Boden war weich und warm, die Luft angenehm sommerlich, T-Shirt-Wetter ohne Hitze. Hätte ich

Schuhe und Jacke angehabt, wären die nun von mir geflogen. Tiefblauer Himmel mit einzelnen zarten Wölkchen dazwischen. Eine überwältigend schöne Landschaft mit viel Grün, sanften Hügeln, luftigen Wäldchen und endlosen Obstbaumwiesen, in denen einzig Melas Puppenhäuschen stand. Eine Ferienprospekt-Landschaft. Duftende Blumen überall – und Tiere, die neugierig näher kamen und uns beschnupperten. Hasen, Rehe, aber auch niedliche Baby-Tiger und kleine Bären tollten herum. Ein Kakadu flatterte heran und setzte sich knotternd auf Melas Schulter. Wir bahnten uns den Weg durch die friedliche Menge und gingen zwischen den Obstbäumen hindurch auf Melas Haus zu. Ein bisschen merkwürdig war, dass die Bäume prachtvoll blühten und gleichzeitig schon Äpfel, Birnen und anderes Obst trugen. Ein Baum brach fast unter seiner Kirschenlast zusammen, während daneben unzählige Bienchen die Blüten eines Apfelbaumes bearbeiteten. Unauffällig streichelte ich einem braunschwarzen Mini-Bären über den Rücken, der mir folgte. Schon immer hatte ich wissen wollen, ob echte Bären so flauschig waren wie Plüschbären oder so borstig, wie sie im Zoo aussahen. Dieser hier war weich und kuschelig – ob es nun daran lag, dass es ein Baby-Bär oder ein von Mela ausgedachter Bär war, konnte ich nicht sagen.

Mela tanzte fröhlich singend voraus. Sie schien wirklich keine dunklen Gefühle und Stimmungen zu kennen. Selbst in dieser heilen, sonnigen Welt hätte ich es mit Sicherheit zustande gebracht, sauer, wütend, zornig, unzufrieden oder nörgelig zu sein. Mela nicht. Sie hüpfte auf ihr Häuschen zu, verschwand kurz hinter einer knorzigen Holztür und kam mit Limo in einer Glaskanne, dekoriert mit Zitrone, und mit Keksen beladen wieder zum Vorschein. Blumentischdecke, hübsches Geschirr und zarte Gäbelchen lagen schon auf dem schweren Holztisch bereit, der vor dem Häuschen stand. Sie umschwirrte mich wie ein Kolibri die Blüte, sichtlich beglückt, endlich jemanden in ihrer Welt bewirten zu dürfen.

»Es ist das erste Mal, dass ich jemanden zu Besuch habe«, trällerte sie.

»Ist alles perfekt, ja? Limo? Kekse? Hast du es bequem?«

Nachdem alles zu ihrer Zufriedenheit war und ich brav von Limo und Keksen probiert hatte, lehnte sie sich zufrieden seufzend zurück und wartete auf meinen Kommentar.

»Mela, es ist wirklich wunderbar hier, ganz toll, wie machst du das nur?«

Kichernd schnappte sie sich ein Babykätzchen, das ihr um die Beine strich, knuddelte es auf ihrem Schoß, bis es mit der Lautstärke von Papas Motorrad schnurrte.

»Ach, ich hab es eben gerne schön.« Ihr erwartungsvoller Blick sagte mir, dass sie nun gepflegte Unterhaltung wünschte, doch da zog ich nicht mit. Ihre und meine Vorstellungen von einem angenehmen Zeitvertreib waren grundverschieden und ich tat, was ich die ganze Zeit schon hatte machen wollen: Ich nahm meine Beine in die Hand, flitzte zu dem Kirschbaum mit den prächtigsten Früchten, kletterte hinauf und ließ von dort oben die Beine baumeln. Wunderbar! Das war genau das Richtige für meine gequälte Seele. Ich stopfte mir die garantiert unwurmigsten Kirschen, die es je gegeben hatte, in den Mund und schmeckte tatsächlich Kirsche. Und zwar so ungeheuer intensiv, dass Mela den Züchterpreis des Jahres bekommen würde, sollte es die Sorte jemals aus meinem Kopf heraus auf eine echte Kirschbaumwiese schaffen.

»Komm, Mela, komm auch hoch, das ist prima hier!«, rief ich ausgelassen, doch sie schüttelte den Kopf und beschmuste weiterhin ihr Kätzchen.

»Nein, nein, ich schau dir lieber zu, Maja. Ist es nicht schön hier bei mir?«

»Es ist ein Traum, Mela, und du weißt das.«

Ich sprang vom Baum. Das waren mindestens zwei Meter und ich spürte den Aufprall, als wäre ich gerade mal von einer Kiste gesprungen. Ich kletterte wieder auf den Baum, aber dieses Mal noch höher, sprang – und landete weich wie auf einer Kissenburg.

»Mensch, Mela, das ist super, jetzt komm schon!«

»Nein, ach, lieber nicht.«

»Solche Dinge machen zu zweit mehr Spaß, weißt du!«

»Weiß ich nicht. Ich bin glücklich, wenn es dir gut geht.«

Das passte zu Mela und sie konnte sich natürlich nicht vorstellen, dass viele Dinge mit Freunden mehr Spaß machten, wenn sie hier überhaupt keine Freunde kannte.

Warum war mir die Schaukel dort am Teich noch nicht aufgefallen? Die Seile hingen an einer uralten, riesigen Weide, deren stammdicke Äste über den Teich ragten. Ich schaukelte himmelhoch, raste zurück und sauste wieder weit über das mattgrüne Wasser, flog hoch, die Haare flatterten, mein Nacht-T-Shirt wehte, der Wind brauste um meine Ohren. Würde ich das nächste Mal loslassen und ins Wasser springen? Würde ich mich trauen? Weg war die Angst. Fort waren die Sorgen. Warum nicht ewig hier sitzen und übers Wasser schweben? Warum nicht Mitu all den Blödsinn und die unlösbaren Aufgaben überlassen, die dort draußen auf mich lauerten. Draußen? Wo war das überhaupt. Wieder rauschte der Wind und ganz in der Ferne hörte ich Melas glückliches Lachen.

Ich sprang. Egal, dass ich ein Nachthemd und keinen ordentlichen Badeanzug trug, egal, dass ich in Melas Traumland war und nicht wusste, wie sich so ein geträumtes Wasser anfühlte. Ich sprang, flog meterweit durch die Luft, glitt sanft ins warme Wasser, spürte, wie es sich über mir schloss wie ein schwerer Samtvorhang, tauchte auf und kam ans Ufer gepaddelt, wo Mela schon wartete. Und Miriam und eine motzige Mara, die auf Gänseblümchen und Augentrost herumtrampelte, um gewissenhaft alle Blüten dem Erdboden gleichzumachen.

»Ich hätte dich gerne länger hier gehabt«, sagte Mela freundlich. Nur ein leises Bedauern schwang in ihrer Stimme mit, mehr – nämlich Trauer oder Zorn – entsprach einfach nicht ihrem Wesen. »Eine richtige Freundin. Aber Miriam hat mir erklärt, warum du jetzt gehen musst. Du kannst ja immer wiederkommen, ja? Das machst du, oder?«

Ich schüttelte den Kopf. Nicht als Antwort, sondern um das Wasser aus den Haaren zu bekommen. Doch ich war schon wieder völlig trocken. Zauberhafte Traumwelt!

»Wenn das so einfach geht, klar. Du hast es wirklich wunderschön hier«, versprach ich ihr.

Mara, die mit ihrer Zerstörung fertig war, zischte: »Können wir jetzt endlich raus hier? Das ist ja nicht auszuhalten, ich hasse dieses rosa Getue.«

Ihre Augen blitzten zornig, die strähnigen Haare standen feindselig von ihrem Kopf ab wie die aufgestellten Stacheln eines Igels. Mara, der Zornzipfel.

»Komm, Maja, Mitu macht ihre Sache großartig, das musst du dir unbedingt anschauen.« Miriam zog mich zu einer Öffnung zwischen den Obstbäumen, die weniger wie ein Spiegel, sondern eher wie ein verschwommenes Fenster aussah. Waren wir hier auch hereingekommen?

Eilig winkte ich Mela zum Abschied, die schon über den zerstörten Blümchen kniete und sie wieder gesund träumte. Miriam ging vor und ich spürte einen deftigen Schubs, der mir einiges über Mara verriet, die boshaft grinsend hinter mir stand, dann wieder das Aufzuggefühl und ich befand mich mit meinen zwei Spiegelwesen im großen Saal.

»Komm, es müsste gleich losgehen.« Ungeduldig zerrte mich Miriam zum Hauptspiegel, während Mara gelangweilt maulend und schimpfend hinterherkam.

»Geh doch einfach, Mara, und lass uns in Ruhe. Deine ständige schlechte Laune geht mir auf die Nerven!«

»Du kannst mir nichts befehlen und nichts verbieten. Ich bleibe und lass mir keine einzige Sekunde von dem Schauspiel entgehen, darauf kannst du Gift nehmen, du superschlauer Eiterpickel!«

Miriam schloss genervt die Augen. »Lern dich erst einmal zu benehmen, besonders wenn wir Maja zu Gast haben.«

»Ha, zu Gast, dass ich nicht lache. Wenn Mitu auch nur einen Funken Verstand hat, dann bleibt sie da draußen und versauert nicht hier vor Langeweile, so wie wir es tun müssen. Ich könnte kotzen, dass sie da draußen ist und ich nicht!«

»Ignorier Mara einfach. Es ist ein Jammer, dass ausgerechnet sie so eine starke Person ist, wirklich, aber so ist es nun einmal und wir können es nicht ändern. Na ja, du vielleicht, wir jedenfalls nicht«, meinte Miriam zu mir. »Aber jetzt komm.«

Da standen wir also zu dritt vor dem Hauptspiegel und ich schaute zu, wie sich langsam ein Bild formte. Wie Fernsehen im Großformat oder Kino mit Privatvorstellung.

Kapitel 10

Dort draußen musste es noch früh am Morgen sein. Mitu saß an der Bushaltestelle und wartete. Ausnahmsweise war sie ordentlich angezogen. Ordentlich, damit meinte ich: So wie ich mich anziehen würde an einem strahlend schönen Sommermorgen auf dem Weg in die Schule. Sie war allein, was mich wunderte, denn Klara hatte ja denselben Schulweg. Entweder hatte sie verschlafen, war von Caro gefahren worden – Frechheit, dann hätte man ja mal Bescheid geben können – oder eine fiese Krankheit hatte sie schachmatt gesetzt.

Der Bus kam, Mitu sprang auf, bestieg artig den Bus und setzte sich in die letzte Reihe, was ich nie tun würde, denn drohte ein feindlicher Übergriff, hatte man dort keinerlei Fluchtmöglichkeiten und saß glorreich in der Falle.

So weit außerhalb der Stadt füllte sich der Bus erst langsam. Aber an den nächsten fünf Haltestellen würde eine wahre Flut hereinströmen.

Schüler, Berufstätige und Menschen, bei denen man nicht wusste und nicht wissen wollte, warum sie morgens um halb acht einen Bus bestiegen.

Fatal war, dass montags die fiese Alba und ihre

Freundinnen im selben Bus fuhren. Deshalb war ich seit einiger Zeit ein großer Fan von Caros Taxifahrten und deshalb graute mir vor jedem Montagmorgen.

Klara wusste das, denn Klara fuhr mit mir im selben Bus, war aber nie ein Opfer der fetten Alba gewesen. Gustav, der auch denselben Weg hatte, fuhr Fahrrad.

Bisher hatten weder Gustav noch Klara noch sonst wer mir helfen können oder wollen. Bisher hatte ich die Demütigungen sowieso still geduldet oder Albas Mädchen-Gang hatte es so eingerichtet, dass niemand anderes etwas mitbekam. Zum Beispiel, wie mir mein Essensgeld abgenommen wurde. Oder mein Handy den Besitzer wechselte. Auch für heute sah es nicht gut aus. Ich hoffte, dass Mitu keine wertvollen Sachen eingesteckt hatte.

Uff, apropos einstecken. Es gab morgens so viel zu packen und zu bedenken. Ob sie das dicke Bio-Buch dabeihatte? Und die Hausaufgaben für Latein? An das Essensgeld würde Papa denken, aber etwas zu trinken wäre nicht schlecht gewesen, ganz zu schweigen von meinem neuen Tintenkiller, der alte war restlos ausgefranst und schmierte nur noch blaue Farbe hin und her.

Da tätschelte mir Miriam auf die Schulter. »Keine Sorge, wir«, sie warf einen bösen Blick auf Mara, »also ich, habe ihr ein wenig geholfen. Alles ist klar, sie wird sogar deine Mathearbeit schreiben können, wenn wir es nicht schaffen, dass du vorher wieder das Kommando übernimmst.«

Jetzt stöhnte ich. So richtig. Mitu sollte meine Mathearbeit schreiben? Die Zappelsuse, die keinen Stift richtig halten konnte? Entsetzlich! Gleichzeitig riesige Erleichterung. Juhuu, ich würde nicht auf der letzten Hirnzelle schwitzend und japsend herumreiten und mich zwei Stunden lang mit Dreieckswinkeln quälen müssen. Juhuu, ich würde wieder zu Mela gehen, ein Glas Limo trinken, mir den Bauch mit ausgedachten Kirschen vollschlagen und schaukeln bis zum Runterfallen.

»Nichts da«, tadelte mich Miriam. »Wir müssen natürlich versuchen, euch so bald wie möglich wieder auszutauschen. Ansonsten müssen wir ihr helfen, so gut wir es eben können.«

Und wieso, bitte? Wieso sollte ich ihr helfen, wenn sie sich heimtückisch mein Leben ergaunert und meinen Platz eingenommen hatte, weil sie mal Spaß haben und das richtige Leben genießen wollte? Sollte sie doch sehen, wie das richtige Leben war! Ponyhof? Dauerfete? Kinderspielplatz? Nein, das Paradies würde sie nur bei Mela finden und die Dauerbelustigung nur in ihrer selbst erschaffenen Welt.

»Maja, schau, jetzt kommt's!«

Der Bus nahm weitere Fahrgäste auf und schon stiegen auch Alba und ihre Monster-Gang ein. Im Gegensatz zu mir schien Mitu die drohende Gefahr überhaupt nichts auszumachen. Sie saß vergnügt mit den Beinen wippend auf ihrem Platz, blockierte mindestens drei weitere Sitze und oh, jetzt konnte ich auch erkennen, weshalb sie so rhythmisch hin- und herwackelte: Sie trug Ohrstöpsel! Und Ohrstöpsel tragen, das hieß Musik hören, und um Musik zu hören, brauchte man ein geeignetes Handy oder zumindest einen MP3-Player, und den hielt sie tatsächlich in ihrer Hand. Mir wurde schlecht. Der dritte MP3-Player innerhalb eines halben Jahres. Der, den ich Papa abgeschmeichelt hatte, obwohl er mir nie wieder einen hatte kaufen wollen, genau dieser würde vor meinen Augen in Albas gierigem Schlund verschwinden und ich konnte nichts dagegen tun. Die Frage, was ich an Mitus Stelle gemacht hätte, kam mir überhaupt nicht in den Sinn. Niemals hätte ich montagmorgens einen MP3-Player derart offensichtlich zur Schau getragen. Die gierigen, vor Vorfreude leuchtenden Augen der Gang hatten sich an dem Gerät förmlich festgefressen.

Es wirkte wie ein Magnet auf die widerlichen Mädels, die sich zielsicher auf Mitu zuschoben. Streng nach Rangfolge in einer Reihe: Alba, die Leitkuh, ganz vorne, dann die nächste Katastrophe und am Schluss ein pickliges Huhn namens Evelyn, die man aber nur Eva nennen durfte, sonst hatte man ihre Faust im Gesicht.

»Miriam, wir müssen etwas tun, die zerlegen sie zu Hackfleisch und ich kann in Zukunft nur noch Musik hören, wenn ich mein ganzes Taschengeld opfere!«, schrie ich verzweifelt.

Meine Verzweiflung erreichte Mitu nicht. Gelassen, fast erwartungsvoll blickte sie auf, als Alba ihr grob auf die Schulter tatschte.

»Heee, mach mal Platz!«, polterte das Grauen und wollte sich neben Mitu quetschen. Die blinzelte freundlich, doch gerade als sie zur Seite rückte, fuhr der Bus so plötzlich und heftig an, dass das Pickelweib Eva einen Schritt nach vorn geschleudert wurde, ihrer Vorderfrau einen Schubs gab und die ganze Mädelsreihe wie Dominosteine in Mitus Richtung stürzte. Gerade als Alba sich an Mitu abstützen wollte, rutschte die zur Seite, Alba verfehlte sie, knallte mit dem Kinn auf das harte, ungepolsterte Stück zwischen den Sitzen und sank in Demutshaltung vor Mitu auf die Knie, als würde sie um ihre Hand anhalten. Es dauerte eine Weile, bis sich die Damen entwirrt hatten. Körperteile, Taschen, Tücher und Schuhe mussten zu ihren Besitzerinnen zurückfinden. Ganz besonders nett fand ich den Busfahrer, der in keinster Weise Rücksicht auf das Missgeschick nahm, sondern sich in gewohnt forscher Art bemühte, seinen Fahrplan einzuhalten. Alba war sauwütend, das sah man ganz deutlich. Sie kochte. Schon wieder war sie im Bus gedemütigt worden, Busse brachten ihr offensichtlich kein Glück.

Knurrend warf sie sich auf ihr Opfer, zum Erfolg verpflichtet, wenn sie nicht das Gesicht vor ihrer Bande verlieren wollte. Einen kräftigen Kinnhaken jedenfalls hatte sie schon eingesteckt und ich war mir sicher, dass ihr Gesicht bald genauso bunt schillern würde wie meines in den letzten Tagen. Wer es mit Mitu zu tun bekam, war seines Lebens nicht mehr sicher, aber das konnte sie schließlich nicht wissen.

»Was fällt dir ein, so blöd zu grinsen«, keifte sie Mitu an, die keinesfalls blöd, sondern nur belustigt grinste.

»Ich freue mich, dass es dir gut geht.« Sie kicherte verschwörerisch. »Mann, hast du bescheuert ausgesehen, da zwischen den Sitzen! Ein fetter, verbeulter Speckknödel!«

Alba fielen fast die Ohren ab und die Augen aus dem Kopf. Ihr Gesicht schwoll vor Wut an, was sie auch nicht gerade hübscher machte.

»Bist du übergeschnappt oder was? Gib den Musikstöpsel rüber, sonst setzt's was!«

Sie hatte ihre Lautstärke ein wenig zurückgenommen, nicht allerdings die Bedrohlichkeit ihrer Stimme. Einige der anderen Fahrgäste waren inzwischen aufmerksam geworden und schielten immer wieder herüber. Mitu sah so klein und zart aus neben der monströs-massigen Alba. Jedem musste das ungleiche Kräfteverhältnis auffallen. Und wenn man berücksichtigte, dass Mitu alleine und Alba im Bunde ihrer Gang war, konnte man eigentlich gleich einen Bestatter anrufen. Schon der Gedanke daran, dass ich dort sitzen könnte, ließ mir die Knie schlottern.

»Was glotzt du so, Oma!«, knurrte Alba eine Dame an, die höchstens so alt war wie meine Mom. Die schaute irritiert zur Seite und ich wünschte mir, dass sich meine Mom in so einem Fall heldenhaft zwischen die Fronten schmeißen und nicht einfach wegschauen würde. Denn dass hier etwas ziemlich Faules am Laufen war, konnte man bis zur nächsten Haltestelle riechen.

»Kannst gleich auch was auf die Omme haben«, schnauzte sie einen Jungen an, der quer vor Mitu saß und sich sofort duckte.

»Musik her und deine paar Euros kannst du auch gleich rüberschieben, aber hoppla jetzt.« Alba wollte über Mitu hinweg nach dem MP3-Player greifen, doch die schlug ihr mit einem kleinen Holzlineal auf die empfindlichen Fingerknöchel. »Zipp«, machte es kurz.

»Also wirklich, lass das, ich gebe den MP3-Player nicht so einfach her«, meinte sie trocken, doch Alba holte schon zum entscheidenden Schlag aus. Mein Gott, sie würde Mitu zu Brei prügeln. Sie würde meinen armen Körper zu Ragout verarbeiten. Lebenslang würde ich die Narben dieses Montagmorgens im Gesicht tragen, wenn man mich überhaupt wieder zusammenflicken konnte. Ich war kurz davor, durch den Spiegel zu springen, als der Busfahrer einen eleganten Schlenker machte, um in die nächste Haltestelle einzubiegen. Albas Anhängerschaft wurde auf bewährte Art und Weise herumgeschleudert, verlor den Halt und stolperte wieder auf Alba zu, wodurch das Gangmitglied, das am nächsten stand, den Schlag abbekam. Zu ihrem Glück leicht abgebremst, da auch Alba zurückgeschleudert worden war.

»Den Busfahrer bring ich um«, knurrte sie, ihre jammernde Freundin beachtete sie nicht.

»Das zahlst du mir heim, du Kröte. Ich brech dir jeden Knochen, wenn du mir nicht sofort das Ding gibst, und ich sag dir, deine Freundin Klara wird auch nichts mehr zu lachen haben!«, zischte es jetzt giftig an Mitus Ohr.

Ich hielt den Atem an. Sogar Mara, die Mitu bis jetzt mit kräftigen Boxhieben unterstützt hatte, starrte fasziniert in den Spiegel, während Miriam ganz cool blieb. Sie hatte den Überblick und zeigte mit dem Finger auf den vorderen Teil der Haltestelle.

Von den anderen unbemerkt stiegen gerade nicht nur Frau Bombach samt Hund Mausi, sondern auch zwei betont unauffällige Herren ein, die uns in die Augen stachen, als hätten sie leuchtend rote Blinkepfeile auf dem Kopf. Nach einem kurzen Wortwechsel mit dem Busfahrer gingen sie zielstrebig nach hinten. Kontrolleure. Nicht unbedingt das Sondereinsatzkommando, das ich mir herbeigesehnt hatte, aber immerhin. Und Frau Bombach guckte auch ganz neugierig herüber. Was hatte die eigentlich schon wieder hier verloren? Sie quetschte sich ebenfalls nach hinten durch und platzierte sich in Hörweite, nahe am Ausgang.

»Fahrkarten bitte, die Damen!«, rief der erste Kontrolleur. Albas Rudelmädchen begannen, nach Tickets zu suchen, die sie wohl nicht hatten. Warum auch. Hier wurde eigentlich nie kontrolliert und schon gar nicht morgens, wenn der Bus brechend voll war. Das Mädchen mit der blutigen Nase wurde tatsächlich fündig, zog ein zerknittertes Monatsticket hervor und erntete ein zufriedenes Nicken. Die andere zuckte die Schultern.

»Oh, sorry, hab ich vergessen, kommt nicht wieder vor, echt.«

»Keine Ausreden. Wir nehmen deine Personalien auf oder du bezahlst sofort. Vergessen gibt es bei uns nicht, kapiert.« Der Kontrolleur ließ sich nicht einschüchtern. Der Mann hatte Mumm, das war mir sofort sympathisch. Obwohl mir James Bond lieber gewesen wäre oder Superman oder meinetwegen auch Lassie.

»Hey Mann, das können Sie nicht machen. Ich muss zur Schule.«

»Genau. Erledigst du das mal bitte?«, wandte sich der Superkontrolleur an seinen Kollegen. »Dann kümmere ich mich um die jungen Damen hier hinten.«

An Mitus ausgestreckter Hand baumelte mein Schülerticket und ich stieß einen erleichterten Seufzer aus.

»Ich hab sie erinnert«, bemerkte Miriam stolz.

An Albas Hand baumelte gar nichts und sie befand sich böse in der Falle. Personalien wollte sie wohl auch nicht herausrücken, denn plötzlich stieß sie laut eine ungeheure Menge Luft aus, als wollte sie die Menschenmenge davonpusten, drängte sich an den Kontrolleuren vorbei und die armen Herrn hatten so wenig Chancen wie eine brüchige Mauer gegen die volle Wucht einer Abrissbirne. Einer krachte auf den Schoß des angeschlagenen Mädchens, das mir allmählich leidtat. Vielleicht sollte sie sich aus Gesundheitsgründen eine friedlichere Freundin suchen. Der andere Kontrolleur taumelte zu Boden, sodass Alba freie Fahrt hatte. Sie kegelte zwei weitere Personen um, brach durch eine Schülerschar, die sich vor dem Ausgang zusammengequetscht hatte, und landete direkt vor – Mausi. Der Himmel wusste, woher Mausi plötzlich den Mut nahm, doch sie hatte sich an ihrer Leine durch die Beine der Schüler gedrängelt und stand nun felsenfest vor den Treppen. Die tapfere Mausi knurrte wie ein Wolf, bellte wie ein Wachhund, schnappte nach Albas Waden wie eine wütende Klapperschlange, und das alles, obwohl sie ihr kaum bis zum Knie reichte. Da! Sie hatte es geschafft und Alba tatsächlich erwischt! Zwar nur an einem Ende des Ledergürtels, doch Mausi zerrte und ruckelte daran, als hätte sie einen wilden Stier mit dem Lasso eingefangen. Noch immer an der Leine, begann sie, der wild um sich schlagenden und tretenden Alba auszuweichen, immer schön vor und zurück und im Kreis um die Beine herum, bis die Riesengegnerin doch tatsächlich mit Hundeleine und eigenem Gürtel fest an die Haltestange des Busses gefesselt war. Welch unglaubliche Szene! Alba brüllte und versuchte, sich zu befreien, die rettende Tür unerreichbar vor der Nase. Die Kontrolleure hatten sich wieder aufgerappelt und wollten Alba gemeinsam niederringen, doch das war gar nicht mehr nötig. Denn in diesem Augenblick fuhr eine Polizeistreife an die Seite des Busses und der Busfahrer winkte so aufgeregt aus dem Fenster, dass die Polizisten anhielten, ausstiegen, den Bus betraten, einen fachmännischen Blick auf das Chaos warfen und das Knäuel kurzerhand entwirrten. Nach kurzem Hin und Her mit dem Busfahrer und den Kontrolleuren einigten sie sich darauf, Alba und die zwei anderen Mädchen mit auf die Wache zu nehmen. Wenn mich nicht alles getäuscht hatte, so freute sich einer der Polizisten sichtlich, denn er schien Alba zu kennen und hatte sie seine »liebe Stammkundin« genannt – was auch immer das bedeutete.

Nachdem auch Frau Bombach ihre Mausi wieder eingefangen hatte, die in einem Anfall von Größenwahn aus dem Bus gesprungen war und das Polizeiauto verfolgen wollte, konnte die Fahrt fortgesetzt werden. Natürlich hatte Mitu nun eine neue Sitznachbarin: Frau Bombach, die vor Stolz auf ihre Mausi sichtlich glühte.

»Herrje, wer hätte das gedacht, dass meine Mausi so eine Heldin ist, was ein Glück, dass ich ausnahmsweise heute zum Markt fahre, sonst hätte sie diese unmögliche junge Frau nicht aufhalten können und ich, ich hätte nie gewusst, welch Wolf in meiner Mausi steckt«, erzählte sie zum zehnten Mal. »Ich sollte sie umtaufen. Mausi ist ein viel zu niedlicher Name für einen so mutigen Hund. Wird ihr gar nicht gerecht.«

Mitu bedachte sie mit einem geringschätzigen Blick.

Was für Sorgen die Frau hatte! Mausi war es doch total egal, wie sie gerufen wurde. Sie hockte breit auf Mitus Schoß, ließ sich selig kraulen und schlabberte ihr verliebt über die Backe. Wenn Herkules das sehen würde! Wenn er das nachher riechen würde. Hoffentlich sprang er Mitu oder mir nicht gleich ins Gesicht.

Das waren überhaupt die beiden selbstzufriedensten Gestalten, die ich jemals gesehen hatte. Mitu und Mausi, das Dreamteam, die Rächer der Schwachen und Unterdrückten, die Kämpfer für das Gute! Ein glucksendes Lachen drängte sich aus meinem Bauch heraus.

Endlich hatte ich meine Schockstarre überwunden und konnte in das prustende Triumphgeheul einstimmen, das Miriam und Mara schon lange schüttelte. Dass Mara überhaupt lachen konnte, lag wahrscheinlich an ihrer Schadenfreude oder dem vergossenen Blut. Das war ganz nach ihrem Geschmack.

»Siehst du, Maja, Mitu kommt ziemlich gut klar, oder? Sie hat es deiner Alba gezeigt, ich glaube nicht, dass die dich weiterhin belästigt«, keuchte Miriam mühsam. »Und ob sie jemals wieder mit dem Bus fahren wird?«

»Oh, ihr seid vielleicht gehässig!« Huch, Mela war inzwischen auch erschienen. »So gewinnt man keine Freunde. Schaut lieber mal die alte Dame mit ihrem Hündchen, wie süüüß!«

Mal ehrlich, das war eine ziemlich gute Show gewesen, doch als ich wieder Luft bekam und das Lachen langsam nachließ, wusste ich genau, was ich wollte: wieder zurück. Trotz Mathearbeit. Das sagte ich auch Miriam. Mara nicht, die tobte schon wieder durch den großen Spiegelsaal.

»Yeah, hier noch ein Tritt gegen das Schienbein und jetzt ein Schlag auf die Nuss.« Irgendwie war es gut, dass Mara kein so starkes Wesen war wie Mitu oder Miriam. Aber es war beängstigend zu sehen, dass in mir so viel Brutalität und Aggression wüteten.

»Wisst ihr, es ist echt super hier, ich will nicht nörgeln, aber ich würde jetzt gerne wieder mit Mitu tauschen«, begann ich vorsichtig. »Vielleicht könntet ihr Mitu überzeugen, dass sie mich wieder rauslässt.«

Stirnrunzelnd betrachteten wir die Szene im Bus. Mitu und Frau Bombach, die sich gegenseitig studierten, als wären sie Forschungsobjekte unter dem Mikroskop. Kein Zweifel, eine tiefe Zuneigung herrschte hier nicht. Frau Bombach suchte etwas hinter Mitu, vielleicht bemerkte sie, dass sich dieses Mädchen anders verhielt als sonst, und Mitu wollte sich nicht in die Karten gucken lassen, war aber aus einem anderen Grund von Frau Bombach fasziniert. Merkwürdig.

»Dusch, bumm, bäng, rrrrrrrrrrr«, störte mich Mara in meinen Betrachtungen. »Du könntest dich noch ein wenig bei mir umschauen, wenn du dich traust«, prahlte sie und setzte einen gezielten Schlag zwei Millimeter neben meiner Nase ab.

»Nein, dafür ist jetzt keine Zeit mehr«, unterbrach

Miriam. »Ich würde Maja auch gerne die Bibliothek zeigen, aber sie hat recht. Sie muss Mitu ablösen.«

Wir tauschten wenig später auf der Mädchen-Toilette. Im Nachhinein musste ich Mitu dankbar sein, dass sie den ersten Tausch sozusagen im Schlaf vorgenommen hatte. Auch wenn ich noch sauer war, dass sie mich vorher nicht gefragt und mir so den Schrecken meines Lebens zugefügt hatte.

Letztendlich ging es für mich darum, die Steuerung des Körpers wieder zu übernehmen. Im Schlaf funktionierte das, als würde ein Fahrer sein Auto ordentlich am Straßenrand parken, den Motor abstellen, den Schlüssel einem zweiten Fahrer übergeben, der dann gemütlich einsteigen, sich anschnallen, den Motor starten und losfahren konnte.

Im Wachzustand war das vergleichbar mit einem lebensgefährlichen Stunt. Der Fahrer musste seinen Sitz räumen, Lenkrad und Pedale kurz im Stich lassen und darauf vertrauen, dass der zweite Fahrer blitzschnell auf den Fahrersitz schlüpfen und die Steuerung übernehmen würde. Das alles, wohlgemerkt, ohne sich zu verknoten.

Ich zappelte ungeduldig vor dem Spiegel herum. Gut, dass Mitu so ein stilles Örtchen ausgesucht hatte und keiner unseren Wechsel beobachten konnte. Sofort nachdem Mitu durch den Spiegel zu uns gekommen war, wurde sie schemenhaft durchsichtig, stieß mich, mit einem gewaltigen Schubs und bevor ich auch nur ein Wort zu ihr sagen konnte, nach draußen und folgte mir eilig.

Ich brauchte eine Weile, um mich zu orientieren. Mein armer Körper war zusammengesackt und hing halb auf und halb neben der Toilettenschüssel. Ein Zuschauer hätte vermutlich sofort den Notarzt gerufen. Ich zog die Beine an, rutschte ab, sank wieder zusammen, versuchte es noch einmal mit Armen und Beinen zusammen, richtete mich gerade auf und schon saß ich neben der Toilette, den rechten Arm unglücklich nach oben verdreht, den Kopf schlaff nach unten hängend. Gott, war das schwierig.

Das schrille Klingeln zum Ende der Pause brachte mich wieder auf die Beine. Jahrelanges Training hatte meinen Körper so programmiert, dass er wie ferngesteuert zum Klassenzimmer ging, wenn genau dieses Klingeln ertönte.

Ich fühlte mich noch ein wenig blass, gleichzeitig aber aufgekratzt und erregt, als hätte ich die Lösung für sämtliche Energieprobleme der Welt gefunden oder meinethalben auch nur erfahren, dass mein Papa in Wirklichkeit der einzige Erbe des britischen Königshauses war oder so etwas in der Kategorie.

Mitu empfing mich am Toilettenausgang in ihrer gewohnten Durchsichtigkeit. Sie wirkte ein wenig geknickt und das brachte mich auf die Idee, ihr etwas Gutes zu tun. Verdient hatte sie wenigstens ein Dankeschön. Weil sie mit Alba fertig geworden war.

Oder hatte sie einfach nur Glück gehabt? Mir war es jedenfalls noch nie passiert, dass mir ein Haufen Polizisten, Kontrolleure und Haustiere zu Hilfe gekommen waren. Wog also die gute Tat die fiese Hinterhältigkeit auf, mit der sie meinen Körper geklaut hatte? Ich musste mir das mit dem Dankeschön wohl doch noch einmal überlegen.

»Na, geht's wieder?«, hauchte sie.

»Ja, alles klar so weit, ich bin wieder drin und habe das Kommando übernommen.« Wie zum Beweis zappelte ich kräftig vom Kopf bis zu den Zehenspitzen und wieder zurück.

»Fein, dann kannst du ja gleich im Mathetest brillieren.«

Hörte ich da eine gewisse Gehässigkeit heraus? Sicher würde Mathe unter meinen Erlebnissen heute früh leiden, ganz klar, dazu brauchte es keinen ätzenden Kommentar seitens Mitu.

Aber Glanz und Gloria begleiteten mich. Vielleicht war es das Bewusstsein um Miriams endlose Bücherregale, um das Wissen, das sie und damit auch ich zur Verfügung hatte, vielleicht half sie aber auch kräftig nach. Keine Aufgabe konnte mich schrecken. Froh maß ich Dreieckswinkel, rechnete kreuzweise und im Kreis, landete bei den kompliziertesten Konstrukten Volltreffer und gab zur Verblüffung der gesamten Klasse und des Lehrers geschlagene zehn Minuten vor Schluss ab.

Kapitel 11

Irgendwie war jetzt alles anders mit Mitu. Seit unserem Tausch schien sie mich zu achten und mir nicht mehr nach dem Leben zu trachten, haha. Das Erlebnis hatte uns näher gebracht.

Klar, sie war immer noch eine Spaßtante, eine oberflächliche Tanzmaus, die eigentlich nichts lieber tun würde, als den ganzen Tag abzufeiern oder rumzublödeln. Inzwischen hatte sie aber offenbar erkannt, dass das mit mir und meinem Leben nicht ging, und suchte nun ihr Vergnügen in anderen Beschäftigungen. Sie kannte alle unsere elektrischen Haushaltsgeräte, sie hatte sämtliche Medien und Computer getestet und ausgiebig bespielt und endlich auch akzeptiert, dass man Autos wirklich nur mit Führerschein fahren durfte. Sie wusste nicht nur, was in jeder Schublade, in jeder Schachtel oder Dose lag, sie war auch der beste Spürhund für Verlorenes, den ich mir vorstellen konnte. Sie fand Papas Schlüsselbund in meinem linken Turnschuh, den neuen teuren Füller zwischen dem Altpapier, sie sortierte Socken, die sich schon lange mit ihrem Singledasein abgefunden hatten, und entdeckte sogar Moms goldene Ohrstecker aus einem längst vergangenen Kreta-Urlaub, deren Verschwinden seit Jahren ein heißes Thema bei uns war. Zwischen den Steuerbelegen von 2003, weiß der Himmel, was Mitu dort gesucht hatte.

Weil es also in unserem Haus nichts mehr für sie zu entdecken gab, entwickelte Mitu nun eine ganz neue Leidenschaft: den Haushalt. Mit Feuereifer stürzte sie sich auf die Aufgabe, Papas und mein gemütliches Schmuddelheim in ein steriles Labor zu verwandeln.

Sie musste sich beschäftigen, das war mir schon klar. Wäre sie ein Hund gewesen, hätte man sie drei Mal am Tag mit dem Fahrrad zwanzig Kilometer ausführen müssen. Sie aber machte sich nützlich. Musste ja eine ganz neue Erfahrung für sie sein. Sie übertrieb nur ein bisschen, fand ich.

Jetzt versetzte sie Papa in Staunen, wenn der Frühstückstisch plötzlich abgeräumt, der Müll geleert und die Wäsche gefaltet war, obwohl er Zeitung lesend auf der Toilette gesessen und ich mich in meinem Zimmer vergraben hatte. Vor Begeisterung vergaß sie jegliche Vorsicht. Sicher erfreute es Papa, wenn er abends ein blitzblankes Haus vorfand und sogar seine Hemden astrein gebügelt waren, doch es machte ihn auch misstrauisch. Ganz davon abgesehen, dass seine Hemden es gar nicht verdienten, gebügelt zu werden. Und so kam es, dass Papsi und Mom nun eine Tochter hatten, die nicht nur merkwürdige Selbstgespräche führte, seltsame Dinge tat und ständig Unfälle mit blutigen Folgen hatte, sondern auch noch einen Haushaltsfimmel entwickelte. Die Sorgen um mich wuchsen zum Berg an und ehe ich's mich versah, wurde ein Gespräch mit einem guten Freund von Mama vereinbart, der unser Hausarzt und zufälligerweise auch noch Psychologe war. Das fanden Mitu und ich gleichermaßen bescheuert. Obwohl ich mich sträubte wie Kater Herkules vor einem Vollbad, zerrten mich meine Eltern nun wirklich zu ihrem Dietmar, der Doktor-Doktor und ein echter Griff ins Klo war. Sie hatten mir weismachen wollen, es ginge um eine abschließende Untersuchung meiner Verletzungen, doch genauso gut hätten sie mir erzählen können, dass Dr. Dr. Dietmar mein neuer Friseur sei.

Kurz gesagt, der Mann hatte von meinen Problemen so viel Ahnung wie ein Pferd von einem Turbodieselmotor. Dafür würde er bestimmt eine fürchterlich hohe Rechnung stellen, obwohl er doch ein so guter Freund von Mom war. Das sah ich ihm an der Nasenspitze an. Das war wie bei meinem Onkel Werner, der Elektriker war und bei uns zu Hause all den Elektrokram erledigte. Papsi ärgerte sich jedes Mal fürchterlich über die Rechnungen, die ihm später ins Haus flatterten. Nur dass nach einem Besuch von Onkel Werner wenigstens wieder alle Lichtschalter funktionierten. Ich hatte Mitu im Schlepptau und diese Angelegenheit war mit Sicherheit nicht so einfach zu reparieren.

Mama und Papa mussten nach dem ersten Händeschütteln und einer kurzen Begrüßung mit vielen

»Ähs« und »Hmhms« und peinlich berührten Blicken draußen warten, während ich in die Einzelmangel genommen werden sollte. Doch ich war ja gar nicht alleine! Mitu hatte sich gemütlich auf einem spiegelglatten Ledersofa im Stile »exklusiver, englischer Adelsclub« ausgebreitet und pulte konzentriert an ihren Fingernägeln herum.

»Nun, meine liebe Maja, deine Eltern haben mich gebeten, mich einmal mit dir zu unterhalten. Wie fühlst du dich? Hast du immer noch diese schrecklichen Kopfschmerzen?« Des Doktors schmalzige Stimme sollte meine Gedanken glitschig und unhaltbar machen, auf dass sie aus mir herausschießen würden wie ein Skispringer von der Absprungrampe. Doch dank zahlreicher Stacheln, die sich in mir aufstellten, weil ich salbungsvolle Stimmen absolut grässlich fand, kam bei mir gar nichts ins Flutschen.

»Alles prima, danke«, erwiderte ich brav und faltete die Hände über die aneinandergepressten Knie. Das war nicht einmal gelogen, es ging mir ausgezeichnet. Kopfschmerzen hatte ich keine und um Mitu musste ich mir auch keine Sorgen machen, die rutschte fröhlich auf dem glatten Sofa herum.

»Wirklich keinen Druck im Kopf? Sonst irgendwelche Beschwerden?«, bohrte er noch ein wenig herum.

»Alles weg, echt, überhaupt nichts tut weh.«

»Nun, dann erzähl mir doch mal von deiner kleinen Freundin, mit der du dich immer unterhältst. Deine Eltern berichteten, dass du öfters zu Hause mit jemandem redest, zuweilen nicht sehr freundlich.«

»Ach das, eine dumme, neue Angewohnheit«, winkte ich ab. »Ich bin ein wenig schusselig in letzter Zeit. Immer wieder passieren mir so blöde Sachen, ich werfe was runter oder verliere etwas oder so. Dann schimpfe ich mit mir selbst. Das ist doch nicht schlimm, oder?«

»Nein, das nicht. Woran könnte denn deine Unachtsamkeit liegen? Hast du eine Idee?«

»Nun ja, ich bin eben in Gedanken. Woanders. Ich träume halt so rum, Sie wissen schon.«

Gustavs Riesenidee mit der unglücklichen Liebe hatte jetzt ihren großen Einsatz. Unglückliche Liebe sendeten meine Gedanken und Augen in Richtung Doktor-Doktor in der Hoffnung, dass er verstand. Aber er war nicht Mitu und anscheinend hatte er keinen Empfang auf meiner Frequenz.

»Nein«, zerstörte er meine Absichten.

Ich musste wohl deutlicher werden. »Na ja, das ist mir alles echt zu peinlich. Ich – also wie soll ich sagen, Jungs und so halt eben . . .«, stotterte ich, sehr überzeugend, wie ich fand.

Mitu applaudierte mir aus dem Off. Sie hatte sogar das Rutschen eingestellt und hörte nun interessiert zu.

»Nicht schlecht, jetzt hat er zumindest was zum Nachdenken«, sendete sie mir auf unserer privaten Standleitung.

Der Herr Doktor-Doktor-Blödmann nahm noch einige Anläufe, die ich verwirrt und ziemlich zerstreut parierte. Er wollte einfach nicht glauben, dass mich eine kleine Schwärmerei so aus der Bahn werfen konnte. Wahrscheinlich würde er meinen Eltern nun doch keine überhöhte Rechnung stellen – aus Mitleid über ihr trotteliges Kind. Denn Dummheit lässt sich ja bekanntlich nicht therapieren, oder?

Nach diesem kleinen Zwischenspiel hatte ich zumindest Ruhe an der Sorgenfront. Mom und Papsi hatten beschlossen, mich unter Beobachtung zu stellen, aber auf weitere Aktionen zu verzichten. Damit konnte ich gut leben. Mitu auch. Nur ihr vorbildliches Verhalten begann sie zu langweilen, kaum dass sie damit angefangen hatte. Alles andere hätte mich aber auch echt gewundert.

Ihre neueste Idee war ganz einfach: Ein paar Tage hatte sie nun gebraucht, um herauszufinden, wie all die wunderbaren Geräte und Maschinen unseres Haushaltes funktionierten, und es genossen, genau diese Funktionsweisen zur Perfektion zu treiben. Und jetzt? Jetzt versuchte sie, die Grenzen unserer kleinen Wunderhelfer herauszufinden. Dauerbelastungstests, Materialtests, Funktionstests und Sicherheitskontrollen. Ich versuchte, ihr zu erklären, dass die Hersteller der Geräte penibel genau Leistungsbereiche und Sicherheit prüften und dass es zusätzlich einen TÜV gäbe und verschiedene Standards und Plaketten und all das Zeug, das keiner verstand und dass es daher keinen Zweifel an der Zuverlässigkeit der Geräte geben könne, doch Mitu war in einer kreativ-kritischen Phase.

Zum Beispiel unser Staubsauger: War es nicht unheimlich interessant zu untersuchen, welches Fassungsvermögen er tatsächlich hatte? Oder ob er auch mit Wasser funktionierte? Konnte man ihn auch benutzen, um Gegenstände aufzuheben, und wenn ja, konnte man ihn später auch für die Apfelernte verwenden? Was passierte, wenn man den Kater mit einem Spezialaufsatz ansaugte, um die lästigen Haarbüschel zu erwischen, bevor sie sich hartnäckig an Klamotten und Sofas festsetzten?

War er womöglich gar nicht einverstanden, wenn sein Schwanz bis zum Ansatz im Saugerrohr verschwand? Herkules verlor nicht nur ein ziemlich großes Haarbüschel, sondern auch sein Vertrauen in Mitu und floh seit dem Staubsaugerversuch wieder panisch, wenn sie sich näherte.

Der Staubsauger überstand die Versuchsreihe ebenfalls nicht unbeschadet. Klare Sache, zuerst die Äpfel, die vergleichsweise harmlos waren, dann die Katze, dann zwei Kilo feinstes Mehl, das sich in alle Poren setzte, und danach einen Eimer Wasser aufsaugen, das war für das Hightechgerät zu viel.

Mit einiger Mühe konnte ich Papsi davon überzeugen, das Gerät auf den Wertstoffhof und nicht zur Reparatur zu bringen. Ich wollte ihm die Schmach ersparen, von irgendeinem Kundendienstheini über die korrekte Bedienung eines Staubsaugers belehrt zu werden.

Die Versuchsreihe »Socken im Toaster trocknen« kostete uns nicht nur einige Strümpfe, sondern bedeutete auch das Ende des Toasters und bewirkte im ganzen Haus einen wundervollen Kurzschluss, der mich beim Trocknen der Haare und Papsi am PC überraschte. Meine Haare konnten warten, bis die Sicherung wieder drin war, doch Papa hatte vergessen, seine Datei zu sichern, und schwups waren nicht nur Socken und Toaster dahin, sondern auch die Arbeit von mindestens drei Stunden.

Mitu war so nett und vergrub die verbrannten Socken tief unten im Müll, bevor Papa der Ursache des Kurzschlusses nachgehen konnte. Nachdem er sich wieder beruhigt hatte und ohne zu schreien sprechen konnte, war der verkokelte, dampfende und stinkende Toaster schnell gefunden und kopfschüttelnd in die Tonne verabschiedet, nicht ohne dass ich mit bekümmerten Blicken bedacht wurde, die ich wortlos ignorierte.

Auch angesichts des nächsten Tests blieb ich erst einmal stumm, so schwach machte mich Mitus Einfallsreichtum. Morgens, um 6.30 Uhr wohlgemerkt, zu einer Uhrzeit, zu der ich kaum fähig war, die Zahnpasta auf die Bürste aufzutragen und nicht direkt auf den Finger. Zehn Minuten, bevor mein Wecker zu klingeln begann. Zehn kostbare Minuten Schlaf, die ich nun verpasste, weil mich ein ungutes Gefühl geweckt hatte. Ein Mitu-Gefühl. Das Bewusstsein, dass sie kurz davor war, Blödsinn anzustellen. Sie, der Stein in meinem Schuh, der Dorn in meinem Finger, der Klotz an meinem Bein.

Offensichtlich benötigte man für den frühmorgendlichen Versuch eine Badewanne, einen Wasserhahn, eine neue Packung Katzen-Klumpstreu und den Messbecher aus der Küche. Ich kam gerade rechtzeitig ins Badezimmer, um Mitu beim Verteilen des Katzenstreus in der Badewanne zu erwischen.

Mein entsetzter Blick sprach Bände, hinderte sie aber nicht am Weiterarbeiten.

Kraftlos sank ich auf den Toilettensitz und fing an, mir zu überlegen, wie ich Papa erklären sollte, dass unsere Badewanne zu einer großen Katzentoilette geworden war. Herkules konnte ich die Schuld nicht in die Schuhe schieben. So schlau und verschlagen er auch war, er benutzte seine Toilette nur im Notfall und zog sonst die penibel saubere Rosenrabatte unserer Nachbarin vor. Bevor er seine Toilette vergrößern würde, würde er seine Fressnäpfe durch XL-Rührschüsseln ersetzen. Blieb nur mal wieder ich. Immer ich. Die Badewanne würde sich nahtlos in die Reihe der zerstörten Toaster, Staubsauger und sonstigen Geräte einreihen, an deren unrühmlichem Ende ich Schuld haben sollte.

Im Gegensatz zu mir hatte Mitu ihre Sprache nicht

verloren, sondern plauderte fröhlich über ihr Projekt, ohne mir die Anstrengung einer Frage zuzumuten.

»Ich möchte herausfinden, wie viel Wasser so eine Packung Klumpstreu wirklich aufnehmen kann«, ließ sie mich wissen.

»Mitu, ich halte das nicht mehr aus«, entfuhr es mir seufzend. Kiloweise Katzenstreu aus der Badewanne zu schaufeln, erschien mir so derart sinnlos, dass ich beim bloßen Gedanken daran verzweifelte.

»Es ist doch ein wunderbarer Versuch!«, rief Mitu begeistert. »Schau mal, sie schreiben auf der Packung, dass es für fünf Kilo reicht. Das ist viel Katzenpipi. Außerdem müsste es eigentlich Liter heißen. Wenn man es nicht nachprüft, schreiben sie demnächst ›100 l‹ drauf. Da muss man aufpassen wie ein Luchs, sonst wird man über den Tisch gezogen und abgezockt ohne Ende.«

»Sie meinen nicht die Menge an Katzenpipi, sondern den Inhalt, und solche Angaben werden immer genau kontrolliert«, dozierte ich müde.

»Na, so was«, erstaunte sich Mitu, füllte aber unverdrossen ihren Messbecher mit Wasser.

»Wenn du das machst, lasse ich mich in die Psychiatrie einweisen«, drohte ich, wohl wissend, dass ich eine reelle Chance hatte, aufgenommen zu werden. Mitu zögerte.

»Katzenklumpstreu-Versuch gegen Freiheit?«, fragte sie vorsichtig nach.

»Genau«, beharrte ich, fest entschlossen, meinem Leben jetzt sofort eine neue Richtung zu geben und mich fortan von der Knechtschaft ungeladener, gewissenloser Spiegelwesen zu befreien.

»So schlimm?«, fragte sie weiter, noch immer mit dem Messbecher in der Hand.

»Ganz schlimm, nicht auszuhalten«, bestätigte ich, erhob mich und ging einfach. Das war ein Trick meiner Mom. Noch heute würde sie ihn anwenden, wenn sie denn öfter hier wäre. Man stolperte in eine sinnlose Diskussion hinein, erkannte die Gefahr, stellte seine Thesen klar in den Raum, und ehe der andere auch nur ansatzweise seine Gedanken ordnen konnte, verließ man das Schlachtfeld. Ganz einfach. Manchmal mit wirkungsvollem Türenknallen zum Abschluss, manchmal mit betont vorsichtigem Schließen der Tür, passend zum jeweiligen Thema der Auseinandersetzung. Der andere saß dann dumm da, alleingelassen und ohne Streitpartner, und konnte sich überlegen, ob er die angedrohten Konsequenzen tragen oder ob er lieber nachgeben und vernünftig sein wollte. Bei mir hatte das meistens im Sinne meiner Mom geklappt und ich hatte mich jedes Mal fürchterlich geärgert. Diesen Ärger gönnte ich jetzt Mitu aus vollem Herzen.

Aufs Türenknallen verzichtete ich, um Papa nicht vorzeitig anzulocken, er würde früher oder später und auf jeden Fall zum schlechtesten Zeitpunkt sowieso auftauchen. Eine ganze Weile konnte ich Mitu noch räumen und werkeln hören, und als ich später zwei ordentlich gefüllte Eimer Streu neben der Katzentoilette fand, klopfte ich mir selbst kräftig auf die Schultern.

Während Mitu schuftete, rüstete ich mich für einen harten Tag. Mein Spieglein an der Wand bestätigte mir, dass Mom und ich beim Einkaufen einen guten Fang gemacht hatten. Zum ersten Mal seit Tagen gefiel ich mir wieder. Selbst das bunt schillernde Kinn hatte eine normale Hautfarbe angenommen, meine Haare glänzten sanft, der eben durchgestandene Ärger ließ meine Augen lebendig funkeln.

Ja, das war gut, das war ich, ein ganz normales Mädchen, dem keiner ansah, welch grausame Qualen es erleiden musste, weil es viel zu früh von seinem Spiegelwesen geweckt worden war und einen kompletten Saal mit unfassbar vielen Spiegeln und Personen in seinem armen Kopf mit sich herumschleppte.

Papa saß schon vor seiner Kaffeetasse, putzmunter, mit seiner Lesebrille auf der Nase, eine Zeitung vor sich über den krümeligen Teller ausgebreitet. Ich zuckte gepeinigt zusammen, als er sie zur Seite legte. Wie konnte Zeitungspapier ein solch unerträgliches Geräusch verursachen! Gequält schaute ich Papa an.

»Nicht dein Morgen?«, fragte er fürsorglich.

»Nein, mal wieder Kopfschmerzen«, gab ich leidend zu.

»Ach, das tut mir leid. Nimm eine Tablette, ja? Ich habe mich schon gewundert, dass du so früh da oben herumwerkelst.«

»Hmpf«, machte ich, schloss die Augen, denen das Sonnenlicht viel zu grell war, und tastete blind nach der Teetasse, die eben noch direkt vor mir gestanden hatte. Natürlich verfehlte ich sie um Haaresbreite und die ganze Brühe ergoss sich über den Tisch. Mitu, noch im Rüschennachthemd und mit Kehrschaufel bewaffnet, warf von hinten links ein Küchenhandtuch, was Papsi Gott sei Dank nicht bemerkte, da er erschrocken aufgesprungen war, um seine Hose zu retten, die es im Übrigen nicht wert war, gerettet zu werden. Ich hatte sofort und trotz zusammengekniffener Augen erkannt, dass es wieder der ausgebeulte Cordlappen war, an dem sein Herz so hing.

Hilflos feudelte ich zwischen Tassen, Marmeladengläsern und der überschwemmten Butter herum. Butter, die mit heißem Tee übergossen wird, bekommt eine bemerkenswerte Konsistenz.

Ich weiß nicht mehr, wie ich diesen Tag meisterte. Miriam muss ihr ganzes Können eingesetzt haben, um mich durch den Schultag zu bringen. Mitu steuerte meine Lippen, als es darum ging, mit Klara und den anderen Mädels in den Pausen herumzualbern, ich war nicht viel mehr als eine Marionette in ihren Händen. Und genau das musste ein Ende haben, schwor ich mir. Später, genau, später würde ich mich darum kümmern, nur nicht jetzt, wo ich so wahnsinnig konfus und müde war.

Kapitel 12

Meine Erleichterung darüber, wie bequem ich durch diesen Tag geschleust worden war, legte sich schlagartig, als ich vor meiner Lieblingsbäckerei zu mir kam und gezwungen wurde, wieder einen klaren Gedanken zu fassen.

Miss Mitu Mustergültig wartete gerade brav vor der Tür auf ihre geliebte Laugenbrezel und ich hatte es nicht einmal mitbekommen, dass ich die Bäckerei überhaupt betreten hatte. Bevor ich einen Wutanfall bekommen konnte, entdeckte ich Frau Brombeeres Rücken. Die war hier anscheinend pausenlos am Einkaufen. Wie hieß sie doch gleich? Ich kramte in meinem überforderten, vorübergehend ausgeschalteten Hirn nach dem passenden Namen. Vielleicht half es, wenn ich ganz konzentriert auf Frau Bombensichers Rücken starrte? Ach ja, danke, Miriam: Frau Bombach.

Gerade noch rechtzeitig, denn schon drehte sie sich nach mir um.

»Ach, habe ich doch richtig gesehen«, freute sie sich. »Geht es dir wieder besser? Diese unschöne Geschichte neulich, da im Bus, also ich musste noch viel darüber nachdenken. Was sich die jungen Frauen heutzutage so leisten, allerhand.« Ihr Blick wanderte nach draußen, wo Mitu und Mausi heftig am Schäkern waren. Ich meine, ich sah, dass die beiden schäkerten, für andere Leute musste es aussehen, als ob Mausi kurz vor dem Durchknallen war, weil Frauchen so lange in der Bäckerei herumtrödelte.

»Äh, da ist ja auch wieder ... und ich dachte schon ...« Sie hielt inne, schüttelte den Kopf, steckte ihr Wechselgeld ein und trippelte zu ihrer Mausi. Natürlich wartete sie auf mich. Gemeinsam mit Mitu starrte sie durch die Scheibe und ich kam mir vor wie ein Affe im Zoo, als ich meine Tüte entgegennahm und bezahlte. Fehlte nur noch, dass die beiden einträchtig über mich gelästert hatten. Ging aber nicht. Oder doch? Ich ahnte, dass Frau Bombach nicht so unwissend war, wie sie tat. Und all die zufälligen Begegnungen. Viel zu oft, um zufällig zu sein, oder?

»Sie weiß es«, funkte mir Mitu zu. »Sie weiß es, aber sie weiß nicht, wie sie es zur Sprache bringen soll.«

»Blödsinn, sie möchte nur ein wenig quasseln, das ist alles«, sendete ich zurück.

»Selber Blödsinn. Die tut nur so harmlos. In Wirklichkeit ist sie Psychologin oder Geisterjägerin oder noch etwas Schlimmeres.«

»Und? Du bist ja kein Geist und mit einem Psychologen sind wir auch schon fertig geworden.«

»Sie kann mich sehen.«

»Wie denn das.« Da kam ich schon aus der Tür der

Bäckerei heraus und wusste, dass sie recht hatte. Frau Bombach starrte Mitu geradezu ungeniert an. Hatte die denn kein Benehmen, das machte man doch nicht.

»Es ist hoffentlich in Ordnung, wenn wir ein paar Schritte zusammen gehen«, meinte sie. Aber nein, das war ganz und gar nicht in Ordnung, doch so schnell fiel mir keine glaubhafte Ausrede ein. Mitu bekam einen regelrechten Anfall bei der Vorstellung, aber weil ich jetzt ziemlich aufmerksam war, konnte sie mir keine unhöfliche Antwort in den Mund legen. Sie schimpfte mich einen Feigling ohne Rückgrat, einen armseligen Wattwurm, eine erbärmliche Blindschleiche, doch es änderte nichts, Frau Bombach würde uns nach Hause begleiten.

Also trottete Mitu schmollend hinter uns her und versuchte, mich ein wenig mit ihren Gedanken durcheinanderzubringen. Wenn man andauernd direkt ins Gehirn geimpft bekommt »Guck mal links«, »Guck mal rechts« und »Aber hallo, Vorsicht, geradeaus«, kann man sich auf kein Gespräch konzentrieren. Ich muss wohl ziemlich abwesend auf Frau Bombach gewirkt haben, bis mir ein »Jetzt halt doch mal die Klappe, Mitu« entfuhr, als sie ihre herzallerliebste Mausi zum zehntausendsten Mal in den Himmel lobte.

»Ach, Mitu heißt sie also«, freute sich Frau Bombach.

»Verzeihung, nein, also, da ist mir nur so ein Gedanke herausgerutscht . . .« Ich war am Stammeln wie ein Kleinkind vor dem Nikolaus.

»Ach, ich bin ja so froh, dass wir endlich darüber reden können. Ich dachte schon, es ergibt sich niemals eine Gelegenheit. Die ganze Zeit wollte ich euch ansprechen, ach, es ist ein Wunder, dass ich so etwas noch erleben darf.«

Hä? Schon gut, ein Wunder war es wohl, aber musste man dazu so aus dem Häuschen geraten? Das war mir unheimlich und ich verwünschte meine vorschnelle Zunge und meinen schlaffen Verstand, der sie nicht unter Kontrolle hatte.

»Das ist alles deine Schuld«, wetterte ich still gegen Mitu, »hättest du mich bloß nicht so abgelenkt!«

Frau Bombach dirigierte uns zu einem Bänkchen, auf dem nach meinem Wissen noch nie jemand gesessen hatte, denn wer wollte schon mitten in einem Vorortwohngebiet auf einem Bänkchen sitzen, keine fünfzig Schritte von einem hübschen Park und einem kleinen Wäldchen entfernt? Nicht einmal ein Haufen gelangweilter Jugendlicher saß da für gewöhnlich und die hingen sonst überall im Ort herum.

Ächzend ließ sie sich auf das morsche Holz fallen. Mausi hüpfte aufgeregt um sie herum, auch sie fand es wohl überflüssig, hier eine Pause einzulegen.

»Nun setzt euch schon«, sagte sie zu uns, die wir zu zwei Statuen erstarrt neben der Bank stehen geblieben waren.

»Jaja, ich weiß schon: Huch, wieso können Sie Mitu sehen, keiner kann das, wie geht das und überhaupt.«

»Das stimmt nicht ganz«, unterbrach ich sie. »Mein kleiner Bruder kann Mitu auch sehen.«

»So? Nun, eine zweifelhafte Gabe, nicht wahr?« Frau Bombach runzelte die Stirn. »Wollen wir mal hoffen, dass ihm nicht das Gleiche passiert wie uns. Dass er eines Tages solch ganz speziellen Besuch erhält, meine ich. Mein Besuch hieß Hildegard. Hilde habe ich sie immer genannt. Hilde war, nein, keine wilde, Hilde war ein kleiner Schöngeist. Eine Art Muse, ja, so könnte man sie nennen.« Frau Bombach verstummte, von Erinnerungen überwältigt. Ich versuchte zu kapieren, was eine Muse war, aber außer dem Bild einer dicklichen, auf einem Sofa liegenden und rauchenden Dame, das ich im Museum gesehen hatte, wollte mir nichts einfallen.

»Tja, meine Hilde tauchte eines Tages einfach so auf. Nach dem ersten Schrecken haben wir uns gut verstanden und nach einigen Wochen wollte ich sie nicht mehr missen. Ich hatte herausgefunden, woher meine künstlerische Ader kam. Oh ja, ich hatte für alles Künstlerische ein Talent. Bis auf das Singen, du liebe Güte, ich singe wie ein quietschendes Fahrrad.« Sie lachte still in sich hinein. »Vermutlich wollt ihr keine Kostprobe, oder? Nein? Habe ich mir gedacht.«

Inzwischen hatten wir uns zu Frau Bombach gesetzt, Mitu und ich. Rechts und links von ihr, denn es hatte ja jetzt keinen Zweck mehr, Verstecken zu spielen. Außerdem faszinierte mich ihre Geschichte. Mitu nicht, sie rutschte unzufrieden auf der Bank herum.

»Nun ja, also, Hilde erzählte mir ein wenig über diese Spiegelsache. Dass jede Seele Spiegelbilder hat, die einen Charakter abbilden, der zwar in uns drinsteckt, aber eben nicht unsere hauptsächliche Persönlichkeit ausmacht. Deshalb wäre die Kunst auch nie mein Beruf geworden, sogar wenn alles ganz anders gekommen wäre. Ich liebte das Malen, das Musizieren, das Schreiben. Ich liebte Gedichte und raffinierte Romane, doch mein Wesen war die Mathematik und so wurde ich schnöde Kauffrau und arbeitete jahrelang bei einer Sparkasse. Die Künstlerin in mir war Hilde und nicht ich. Hilde war das stärkste von zwei oder drei Spiegelwesen, die ebenfalls in mir steckten oder noch stecken. Ich habe sie nie kennengelernt, aber Hilde hat viel von ihnen erzählt. Man sollte es kaum glauben, was in einem schlummert nicht wahr?«

Wieder verstummte sie einen Augenblick und weder Mitu noch ich wagten es, sie zu unterbrechen.

»Dass der liebe Gott sich die Mühe gemacht hat, jedem Menschen nicht nur ein, sondern ganz viele Wesen zu geben, das ist wirklich wundervoll!« Als sie mich nur zögernd nicken sah, fuhr sie fort:

»Du kennst das ja bestimmt, zuerst lehnt man sich gegen das Unglaubliche auf, dann nähert man sich vorsichtig an und schließlich gewöhnt man sich so aneinander, dass man sich das Leben ohne Spiegelwesen nicht mehr vorstellen kann. So war es bei mir jedenfalls«, ergänzte sie, als ich heftig den Kopf schüttelte.

Nein, an diesem Punkt war ich ganz bestimmt noch nicht angekommen. Das Letzte, was ich wollte, war, mich an Mitu zu gewöhnen, also echt!

»Ich weiß bis heute nicht, warum Hilde aufgetaucht ist. Wir haben immer vermutet, dass sie eine Art Mission hatte, einen Auftrag, es musste einen Grund geben für ihr Erscheinen und ihre plötzliche Stärke. Denn nur ein wirklich starkes Spiegelwesen schafft es, durch den Spiegel hindurch sichtbar zu werden. Ich habe den Grund nie herausgefunden. Aber nach einiger Zeit habe ich mich erneut gegen sie aufgelehnt. Ich sehnte mich danach, Entscheidungen endlich wieder alleine zu treffen, mein Leben ohne ihre ständigen Kommentare zu führen, und ich wollte nicht andauernd in die Oper oder in Konzerte gehen.« Frau Bombach lächelte.

»Albern, nicht wahr? Mein Umfeld reagierte verwundert. Man distanzierte sich. Nicht nur du fällst durch Selbstgespräche auf, durch unerklärliche Vorkommnisse. Je länger man mit seinem Spiegelwesen zusammen ist, desto weniger Kontakt hat man zu seinen Mitmenschen. So war es zumindest bei mir. Na ja, ich wurde immer unzufriedener und stritt mehrfach mit Hilde darüber, dass sie endlich wieder verschwinden sollte.« Sie holte tief Luft, ihre Trauer stand ihr förmlich ins Gesicht geschrieben.

»Tja, das tat sie dann auch. Hilde verschwand, als ich einen schweren Autounfall hatte. Ich lag mehrere Tage im Koma, und als ich schließlich wieder erwachte, war sie weg. Komplett weg. Natürlich habe ich das nicht sofort bemerkt. Ich brauchte lange, um gesund zu werden. Mein Verstand und meine Erinnerungen setzten nur langsam wieder ein. Doch schon bald war klar, dass mir meine ganze musische Begabung abhandengekommen war. Die Ärzte meinten, dass die zuständige Gehirnregion geschwächt worden sei, ich aber wusste, dass es mit Hildes Verschwinden zu tun hatte. Seit mir das klar ist, seit über vierzig Jahren, fühle ich mich, als sei meiner Seele ein Stück abgehackt worden. Ich habe keine Ahnung, wie das passieren konnte. Gut, Hilde war ungewöhnlich stark, aber dass sie verschwinden konnte, wie ist das möglich?«

Ihre ratlosen Augen suchten die Antwort bei Mitu, die nur die Schultern zuckte. Sie schien von der traurigen Geschichte unberührt zu sein und schob trotzig ihre Unterlippe vor.

»Dann habe ich euch vor einigen Tagen entdeckt. Ich meine, du bist ja nicht so deutlich sichtbar, wie es meine Hilde war. Vielleicht kann man aber auch die Spiegelpersonen der anderen nicht so deutlich sehen wie die eigenen. Ich dachte, du könntest es mir vielleicht erklären. Kannst du mir helfen? In den ganzen vierzig Jahren habe ich niemanden getroffen, dessen Spiegelgestalt sichtbar war. Und jetzt ihr! Ist das nicht wunderbar? Ich habe plötzlich neue Hoffnung!«

Sie, diese erwachsene Frau, wollte Hilfe von uns, die wir fast noch Kinder waren. Die Welt war auf den Kopf gestellt, seit Mitu bei mir war. Weil Mitu immer noch so tat, als ginge sie die Sache nichts an, musste ich antworten: »Das ist wirklich traurig. Echt. Aber ich habe keine Idee, wie wir helfen könnten. Mitu ist ja erst seit ein paar Tagen hier und ehrlich, ich habe noch nie vorher etwas gesehen, das Mitu ähnlich ist. Ich hatte überhaupt keine Ahnung, dass Spiegelwesen öfter erscheinen.«

»Na ja, von oft kann ja keine Rede sein, nicht wahr. Wenn ich bedenke, wie vielen Tausend Menschen ich in meinem Leben begegnet bin! Aber ich habe Hoffnung, dass sich Hilde noch irgendwo befindet und vielleicht gerne zu mir zurückkehren möchte.«

Ich war völlig ratlos. Hoffte, oder eher gesagt, verlangte diese Frau allen Ernstes, dass wir ihr helfen sollten? Das war doch verrückt!

»Tja, trotzdem habe ich keine Ahnung, was wir für sie tun können. Ich meine, ich kann ja die Augen offen halten. Vielleicht sehe ich etwas Ungewöhnliches oder entdecke noch einen Menschen mit Spiegelwesen auf Besuch. Aber dann? Ich weiß nicht.«

Mein Schulterzucken beeindruckte sie überhaupt nicht, ebenso wenig, dass ich aufgestanden war, um ihr zu zeigen, dass ich gehen wollte. Mitu hielt sich dicht hinter mir, als wollte sie sich dem Blickkontakt mit Frau Bombach entziehen.

»Ich fürchte, du kannst wirklich nichts tun. Aber dein Spiegelwesen kann es. Mitu könnte Nachforschungen anstellen oder Kontakt aufnehmen. Sie sieht und weiß Dinge, die wir nicht erfassen können.« Frau Bombach richtete sich ebenfalls auf und sprach Mitu nun direkt an.

»Ich wünsche mir wirklich, dass du mir hilfst. Du bist meine einzige Hoffnung. Vielleicht habe ich es nicht deutlich genug gesagt, aber ich bin verzweifelt! Ein Stück von mir fehlt, so müsst ihr euch das vorstellen. Ach, ihr seid ja junge Dinger. Wahrscheinlich könnt ihr das nicht verstehen.«

Sie schien den Tränen nahe zu sein. Mir saß auch ein Kloß im Hals, nur Mausi und Mitu schien die Geschichte nicht nahegegangen zu sein. Mitu studierte die Blätter des Baumes, unter dem wir standen, und Mausi die bunten Verpackungen, Essensreste und Papierchen, die aus dem überquellenden Mülleimer neben uns heruntergefallen waren.

Als wir wenig später zu Hause ankamen, hatte mich Frau Bombachs Geschichte immer noch im Griff.

»Also, Mitu, wirklich. Kannst du ihr nicht helfen? Stell dir doch mal vor, du würdest in der Welt herumirren, weil du deinen Menschen, deinen Körper, verloren hast. Wie geht das überhaupt? Ihr habt doch keinen eigenen Körper. Ich dachte immer, du kannst nur in meiner Nähe erscheinen – also wie kann diese Hilde einfach verschwunden sein?«

Nichts. Mitu glotzte fern.

Aber ich ließ nicht locker.

»Egal wie nervig du bist, ich möchte nicht, dass du einfach so verschwindest. Wer weiß, was du dann alles mitnimmst! Frau Bombach hat ja auch einiges verloren. Ihre Begabung für Musik und sonst noch was. Vielleicht plünderst du ja meine Erinnerungen an Lateinvokabeln oder ich kann plötzlich nicht mehr Gitarre spielen oder so.«

»Oh, du hast ja mal wieder gar nichts begriffen, oder? Latein und Gitarre hast du gelernt, das ist keine Begabung, keine deiner Eigenschaften.«

So deutlich hätte es mir Mitu nicht zu sagen brauchen. Keine Begabung, pah. Ich tat mir mit beidem ein wenig schwer, aber ich mühte mich redlich und es musste ja nicht in jedem ein Superstar stecken, oder?

»Musst ja nicht gleich beleidigt sein. Wenn ich verschwinden würde, dann würde dir auch das letzte bisschen Verrücktheit und Coolness abhandenkommen. Dann könntest du dich gleich an der Uni für Physik einschreiben oder dein Leben in einer Bibliothek verbringen. Du würdest dir nicht nur selbst die Laune verderben, sondern wärst auch für die anderen die absolute Spaßbremse. Ein Miesepeter, eine Gähntüte, eine Tranliesel und eine Bedenkensuse.«

Ich war entsetzt, was für eine schlechte Meinung Mitu von mir hatte, und ich war auch tödlich beleidigt. Hocherhobenen Hauptes stolzierte ich auf mein Zimmer. Mal ehrlich, was war denn so schlecht an Physik oder an Büchereien?

Mitu hatte doch ein Gewissen. Oder das Fernsehprogramm war schlecht. Jedenfalls kam sie nach einer halben Stunde in mein Zimmer, pflanzte sich auf mein Bett und erklärte mir umständlich, warum sie niemals nie Frau Bombach helfen konnte, wollte und es auch nicht sollte.

Es interessierte mich nicht. Ehrlich. Ich war der Meinung, dass sie zumindest versuchen sollte zu helfen. Mitu hatte in meinem Leben schon so viel möglich gemacht, warum sollte sie nicht mal ausnahmsweise die Samariterin spielen?

»Hast du noch nie überlegt, warum du eigentlich hier bist? Vielleicht hast du ja einen Auftrag oder eine Mission zu erfüllen.«

»Blöder Quatsch, den du da erzählst. Ich bin hier, weil ich Spaß haben will und weil ich stark genug bin.«

»Selber blöder Quatsch. Vielleicht sollst du ja helfen, weil du so stark bist?«

»Hmpf«, machte sie und brach das Gespräch ab. Mir aber gefiel die Idee immer besser. Eine Mission, ein Auftrag, das war genau das, was Mitu brauchte. So wie bei der Alba-Sache. Eine neue Beschäftigung würde ihre Aufmerksamkeit von unserem Haushalt und der ewigen Suche nach einer Dauerbespaßung auf etwas wirklich Nützliches lenken und ihrem Besuch einen Sinn verleihen.

Kapitel 13

Weißt du, ich habe mir das überlegt, was du gestern gesagt hast«, meinte Mitu, als wir am nächsten Morgen in aller Ruhe mit dem Bus zur Schule fuhren. Klara saß mir gegenüber, starrte aber abwesend aus dem Fenster und gab die große Schweigerin. Ich wunderte mich zwar, denn Klara war normalerweise schon am frühen Morgen putzmunter und in Quasselstimmung, nahm aber dankbar die Gelegenheit wahr, mich in Ruhe Mitu widmen zu können.

»Hier zu erscheinen, nun, das ist wie gesagt eine Verkettung glücklicher Umstände. Ja, so kann man es nennen. Ein kleines bisschen aber könnte ich mir auch vorstellen, dass es vielleicht daran liegt, dass womöglich eine Aufgabe auf mich wartet, so eine Art Bestimmung oder so ... Nicht dass du denkst, das ist der eigentliche Zweck, weshalb ich hier bin, denn ich bin einfach stark genug und wünsche mir nichts anderes, als selbst am Leben teilzuhaben. Aber unter Umständen ...« Mitu wand sich sichtlich. Die Worte kamen zögerlich und verlegen über ihre Lippen.

Aha, sollte das ein Geständnis werden? Mitu, die Spaßtante, war nicht nur hier, um leibhaftigen Spaß zu erleben? Versuchte sie, mir gerade anzudeuten, dass sie doch eine Mission hatte und wenn die erfüllt war, würde sie – welch Silberstreif am Horizont – wieder verschwinden?

Klara begann, sich zu regen. »Was machst du denn heute Mittag?«, fragte sie.

»Öh, keine Ahnung, mal sehen.«

Drei Mal in der Woche erfreute uns der Stundenplan mit Nachmittagsunterricht. Unsere Schule hatte zwar eine Kantine und einen Aufenthaltsraum, doch manchmal nutzten wir die Gelegenheit und setzten uns in die City ab, um ein wenig zu bummeln, bei McDo einzukehren oder einfach nur rumzuhängen. Heute wäre ein guter Tag fürs Rumhängen. An einem Eis schlabbern, Cola trinken und Leute angucken. So etwas schwebte Klara vermutlich vor, als sie aus ihrer Träumerei auftauchte wie ein Taucher zum Luftholen aus dem Wasser.

»Lass uns nachher mal gucken, was es zu essen gibt, dann können wir immer noch entscheiden.«

»Ich habe da eine Idee«, mischte sich Mitu in meine Gedanken. »Ich habe lange nachgedacht über deine Frau Bombach.«

Warum eigentlich »meine Frau Bombach«? Die Frau hatte nur deshalb Kontakt mit mir aufgenommen, weil Mitu um mich herumschwirrte wie eine Wespe um das Wurstbrot. Ich war ja wohl völlig nebensächlich dabei. »Nee«, meinte sie, als ich ihr das deutlich zu verstehen gab, »du bist für sie genauso wichtig wie ich.«

»Aber ohne dich wäre ich nicht wichtig für sie. Gilt also nur für uns zusammen im Doppelpack.«

»Egal, wir haben sie jedenfalls an der Backe und ich glaube nicht, dass sie lockerlassen wird. Die Frau hat vierzig Jahre lang Nöte und Verzweiflung aufgestapelt und die hofft sie, jetzt loszuwerden.«

Ja, und?

»Ich habe eine Idee. Wo würde ich mich rumtreiben, wenn du nicht so eine langweilige Schnecke wärst und dein Leben mit Hausaufgaben, Lesen und Bravsein vergeuden würdest? Ich würde feiern und Spaß haben, ich wäre in Freizeitparks, in Diskotheken, weil ich mich super an der Eingangskontrolle vorbeischummeln könnte. Ich wäre im Einkaufscenter und in Spielhöllen, ich wäre auf Rummelplätzen und im Freibad, ich wäre unter Leuten und auf Partys.«

Ja, das konnte ich mir gut vorstellen. Spaßtante Mitu als Partylöwin. Mir graute beim bloßen Gedanken daran, was sie mit uns anstellen würde, hätte sie das Sagen.

»Also habe ich mir überlegt, wo die gute Hilde stecken könnte. Frau Bombachs Hilde«, fügte sie hinzu, also ob ich tausend Hildes kennen würde.

»Weil sie Musik und Kunst mag?«, fragte ich.

»Genau, weil sie sozusagen Musik und Kunst ist.«

»Nun, Oper, Theater, Museum, solche Sachen eben.«

»Genau. Dort sollte Frau Bombach suchen.«

»Ja, aber sie hat doch gesagt, dass sie so oft in der

Oper war und sicherlich auch im Museum. Bestimmt hat sie dort gesucht.«

»Keine Ahnung, es sind jedenfalls die einzigen Orte, die infrage kommen. Und du musst auch bedenken, dass Hilde vielleicht gar nicht gefunden werden will. Möglicherweise ist sie im Laufe der Zeit sogar völlig unsichtbar geworden.«

»Na ja, dann . . .« Ich hob nachdenklich die Schultern, was mir ein ungeduldiges »Jetzt komm mal in die Puschen, wir müssen gleich aussteigen!« von Klara einbrachte. Also wirklich, alte Dränglerin.

»Ja, und in der Mittagspause gehen wir in die Oper«, säuselte Mitu.

»Die Oper!«, rief ich verblüfft und Klara schaute mich irritiert an. In die Oper ging man abends. Und vorher zog man sich vornehme Kleidung an, möglichst etwas Schwarzes oder Glänzendes, und schlüpfte in unbequeme Schuhe.

»Wir gehen in keine Vorstellung, sondern schauen uns dort nur mal um. Und dann im Theater und im Kunstmuseum«, erklärte Mitu mir.

»Meinst du etwa, Hilde ist dort eine Art Phantom der Oper oder so?« Ich kicherte, was mir einen misstrauischen Blick von Klara eintrug. Sie beschleunigte ihre Gangart, fiel in leichten Trab und ich hetzte hinterher. Oh Mann, seit wann nahmen wir's mit der Pünktlichkeit denn so genau?

Mittagspausen sind immer zu kurz, egal, was man vorhat. Abhängen, Hausaufgaben erledigen, in Ruhe mittagessen oder einfach nur schwatzen – für nichts ist ausreichend Zeit. Und wenn man, wie in unserem Fall, einen Besuch in der Oper, dem Theater und dem Museum vorhat, also dann wird es richtig eng.

In meinem Hals wurde es ebenfalls langsam eng. Vor Beklemmung. Denn ich saß schon mindestens eine halbe Stunde wie eine vergessene Handtasche in einem trostlosen Nebeneingang der Oper, in dem die Kasse untergebracht war, der einzige Raum, den man tagsüber einfach so betreten konnte. Ein gelangweilter Kassierer, der auf Kunden wartete, die nicht kamen, beäugte mich von Zeit zu Zeit misstrauisch. Irgendwann gab es nichts mehr zu sortieren, zu zählen oder im operneigenen Computersystem zu stöbern, irgendwann rief auch niemand mehr an und deshalb begann sich der Mann irgendwann an meiner Gegenwart zu stören. Obwohl ich ihm versichert hatte, dass ich hier nur auf meine Eltern wartete und schon zwei Mal so getan hatte, als würde ich mit meinem Handy jemanden anrufen. Zwischendrin hatte ich ewig auf den Tasten herumgetippt, um zu zeigen, dass ich eine SMS schrieb, die mindestens sechshundert Zeichen hatte.

Jetzt platzte ihm der Geduldsfaden. »Das ist kein Kinderaufbewahrungsort hier«, schnauzte er herüber. Als ich nur erschrocken über so viel Unfreundlichkeit hochblickte, ließ er sich herab und kam aus seinem Kassen-Kabuff.

»Sieht so aus, als käme keiner mehr. Soll ich jemanden für dich anrufen?«

Gut, er bemühte sich, freundlich zu sein und zu helfen. Trotzdem wollte er mich hier vertreiben. Und dass ich selbst telefonieren konnte, hatte er ja wohl gesehen, der Blödmann.

»Nein, danke. Dann warte ich eben draußen«, ließ ich ihn wissen, packte meinen Krempel ein und setzte mich vor der Tür auf die Stufen. Meines Wissens nach war das nicht verboten und demonstrativ drehte ich ihm den Rücken zu, sodass er sich bei seinem Nichtstun nicht mehr beobachtet fühlte.

Mitu war überfällig. Und mir war stinklangweilig. Seit vierzig Minuten wühlte sie sich nun als meine Spiegelgestalt durch die Oper und ich saß hier vergessen und verschmäht wie das letzte verschrumpelte Brötchen in der Schulcafeteria.

Wir hatten nur noch eine knappe Stunde, bis der Unterricht wieder anfing, als Mitu aus der Oper herausgestürzt kam. »Nichts«, rief sie, »nirgendwo eine Spur, wir müssen woanders suchen.«

Und wir hetzten in Richtung Kunstmuseum, wo sich der Ablauf wiederholte, nur dass ich dieses Mal im Foyer des Museums wartete, mich langweilte, aber nicht mehr blöd angequatscht wurde, weil hier tausend Leute herumsaßen und warteten, in Prospekten blätterten oder bloß Schutz vor der Mittagssonne suchten. Die Uhr rückte unaufhaltsam weiter. Ich saß ausgerechnet gegenüber einer digitalen Wanduhr, die jede Minute ein kurzes Knacken von sich gab, wenn die Zahlen sich weiterdrehten. Noch fünfunddreißig Minuten bis Unterrichtsbeginn. Das würden wir nie schaffen. Es fehlte ja noch die Zentralbibliothek mit ihren endlosen Regalen, unerforschten Kellern und Tausenden von Archiven. Ein Spiegelwesen wie Miriam, die würde ich da suchen, doch diese Hilde mit ihren schönen Künsten? Hätte ich mir nur etwas zu lesen mitgenommen. Die Prospekte machten einen gewaltig langweiligen Eindruck und faselten von Zeugs, was keiner verstehen wollte, die konnten mir die Langeweile nicht vertreiben. Also betrachtete ich die Menschen, die mit mir warteten. Worauf nur? Die hatten wohl kaum ihre Spiegelwesen durch die Ausstellungshallen geschickt auf der Suche nach einem anderen verschwundenen Spiegelwesen. Eine ulkige Vorstellung. Kein Mensch würde dann mehr Eintritt bezahlen. Alle würden ihre Spiegelgestalten in die Ausstellung schicken, hier in der Halle warten, sich dann jede Einzelheit berichten lassen und anschließend ginge man zufrieden nach Hause.

Neben mir saß eine ältere Frau, die einen dicken Bildband auf den Knien balancierte, Notizen auf einem karierten Blatt vermerkte und bleistiftkauend die nächste Seite studierte. Ich fand sie genauso faszinierend wie den Herrn, der schon seit einer Viertelstunde unbeweglich auf der Bank gegenüber saß, sich auf einen Stock stützte und durch eine dicke Brille mit schwarzem Rand starr geradeaus guckte. Er hatte nicht einmal seinen schäbigen Hut abgenommen. Überhaupt sah er verkommen aus mit seinem Schnauzbart, fleckigen Hosen und komisch glänzenden Schuhen. Er trug einen schweren Mantel, was angesichts der Hitze draußen ziemlich auffällig war. Ich guckte genauer hin. Hhm, der blinzelte nicht einmal, das war schon komisch. Ich guckte noch genauer und – ähhh, Mist, sie hatten mich drangekriegt. Der war gar nicht echt! Der saß hier bestimmt schon seit Jahren und lachte sich kaputt über die Leute, die ihn für lebendig hielten.

»Mitu, hol mich hier endlich raus!«, rief ich sie still, wie es sich gehörte, wenn man in einem Museum saß. »Wo steckst du überhaupt?«

Ich vernahm nur dumpfes, unverständliches Gemurmel, sie musste also ziemlich weit weg von mir sein oder sie tat so, als ob sie weit weg wäre.

Noch fünf Minuten bis Unterrichtsbeginn. Ich verabschiedete mich gerade vom Nachmittagsunterricht, als Mitu zurückkam. Sie sah zufrieden aus. Sehr zufrieden. So sehr, dass ich Angst hatte, in der nächsten Stunde ihre selbstgefälligen Lobeshymnen über ihren ungeheuer treffsicheren Verstand ertragen zu müssen.

»Und?«, ließ sie sich auch noch von mir auffordern.

»Und, und, und – Volltreffer! Da unten«, sie stampfte

mit den Füßen auf den Boden, »da unten steckt sie und wartet nur darauf, dass wir sie ans Tageslicht holen.«

Ihr überlegenes Grinsen ging mir auf die Nerven.

»Wir müssen zurück zur Schule, ich bin schon viel zu spät dran und bekomme sicher einen Höllenärger.«

»Pah, es gibt Dinge, die sind wichtiger als Schule.«

»Mach das mal der Schulleitung klar oder meinen Eltern. Und jetzt komm, aber schnell, und dabei kannst du mir ja erzählen, was los ist. Immerhin sitzt sie da schon seit zig Jahren, da kommt es auf einen Tag auch nicht an, oder?«

»Tja, wie wichtig ist Schule eigentlich?«, fragte ich mich dann und so kam es, dass ich mit Mitu nicht an der richtigen Haltestelle ausstieg, sondern einfach weiterfuhr, bis wir den Bus nehmen konnten, der uns nach Hause brachte. Ohne Umweg über die Schule. Ich hatte ja schon eine Stunde geschwänzt, dann würde es eine zweite auch nicht schlimmer machen. Papsi müsste mir einen Entschuldigungsbrief schreiben und alles wäre in Ordnung.

Oh Himmel, nein, es würde natürlich einen Riesenärger geben und ich musste laut seufzen, wenn ich an die unangenehmen Diskussionen dachte, die mir nun bevorstanden. Und Klara? Ich machte mich klein bei dem Gedanken an Klara, die außer sich sein würde, weil ich nach der Pause einfach verschwunden war.

Trotzdem war es richtig, was wir taten. Das wurde

mir immer klarer, je mehr Mitu über ihre Entdeckungen erzählte.

»Nicht dass es mir in der Oper nicht gefallen hätte«, erzählte sie begeistert, denn diese Art Abenteuer war genau das, was ihr gefehlt hatte. Sie hatte ziemlich schnell gespürt, dass kein Spiegelwesen dort sein konnte. Aber geprobt wurde, und an Kostümen genäht. Ein Paradies, wie Mitu betonte. Sie hätte sich stundenlang durch die Kostüme wühlen können, doch die Pflicht – sie blinzelte mir zu – hatte sie abgehalten. Sie hatte zugeguckt, wie Personen, die sie als Musiklehrer bezeichnete, andere Personen, die gesungen hatten oder Geige oder andere Instrumente spielten, aufs Schlimmste beschimpft und beleidigt hatten. Eine junge Frau musste siebzehn Mal einen einzigen Takt singen, bevor der strenge Lehrer zufrieden gewesen war. Und die Bühnenarbeiter, die an dem Aufbau für den kommenden Abend schufteten, hatten so deftige Flüche draufgehabt, dass Mitu in nur zehn Minuten dreiundzwanzig der besten Verwünschungen in fünf Sprachen gehört hatte. Toll. Während ich vor Langeweile und Sorge vergangen war wie ein Vanilleeis beim Sonnenbaden.

Jedenfalls war Hilde nicht dort gewesen. Es war tagsüber auch nicht viel zu spüren von den heiligen Künsten. Im ganzen Opernhaus herrschte die Geschäftigkeit einer Schule oder eines Krankenhauses.

Im Museum dagegen hatte Mitu nichts, aber auch gar

nichts gefunden, was ihr Spaß gemacht hätte. Sie ärgerte sich ein wenig, dass wir nicht vorher im Theater vorbeigeschaut hatten, das stellte sie sich nun ähnlich unterhaltsam vor wie die Oper. Wer weiß, wie lange ich da herumgesessen hätte. Ich musste dankbar sein.

Mitu schilderte das Museum als einen Ort mit der Ausstrahlung eines Friedhofes und einer Stimmung wie nach dem Untergang der Titanic. Sie übertrieb. Sicher war das Museum kein Kinderkarussell, aber man konnte sich ja auch still an schönen Dingen erfreuen. Fand ich. Mitu stimmte mir nur eingeschränkt zu und betonte mehrfach, dass sie im Museum weniger Freude als eher Andacht und Scheinheiligkeit gefunden hatte. Sie konnte überhaupt nicht verstehen, dass sich Hilde hier niedergelassen hatte. Und doch war sie fündig geworden.

Ich stellte es mir ungefähr so vor: Mitu war wie ein Jäger durch die Räume geschlichen, leise, heimlich huschend. Natürlich hatte sie von Anfang an gewusst, dass sie auf einer heißen Spur war. »Wir spüren so etwas«, hatte sie auf meinen fragenden Blick hin großspurig erklärt.

Gut, ich musste mich damit abfinden, sie spürte so etwas also. Ich konnte mir nur vorstellen, dass es ein ähnliches Gefühl sein musste, als wenn man sich allein in einem Raum glaubte und doch spürte, dass da noch jemand war. Oder nachts im Wald. Man ahnte, dass tausend Augen auf einen gerichtet waren. Oder beim

Abgucken während einer sauschweren Klassenarbeit. Man merkte sofort, wenn man vom Lehrer beobachtet wurde. So in etwa musste es Mitu ergangen sein, als sie das Museum zu durchsuchen begann. Mit der Schwierigkeit, dass sich Hilde gar nicht finden lassen wollte. Dass sie misstrauisch war, ungläubig, dass es noch so ein Wesen wie sie gab.

Sie hatten eine Weile »Hasch mich« gespielt, bis Mitu, die Flinkere, Jüngere und Frechere, Hilde in einer Asservatenkammer hinter den Heizungsanlagen gestellt hatte.

»Ha«, hatte sie gerufen, »ich habe es gewusst, zeig dich, du sitzt in der Falle!« So ähnlich hatte sie es in einem der unzähligen Nachmittagsfilme gesehen, als die wunderschöne Agentin den feindlichen Spion entdeckte.

Mitu hatte Hilde sofort erkannt. Na gut, sie war ja auch das einzige Spiegelwesen im Museum. Trotzdem, meinte Mitu, war die Ähnlichkeit mit Frau Bombach frappierend. Eine vierzig Jahre jüngere Ausgabe unserer Helga, sehr blass und sehr durchsichtig. Sie war damals als Spiegelbild erschienen und hatte sich seitdem nicht mehr verändert, nicht mehr aktualisiert, wie Mitu so schön sagte.

Mitu hatte herausgefunden, dass Hilde in all den Jahren überhaupt kein Zeitgefühl gehabt hatte. Sie konnte unmöglich sagen, wie lange sie zwischen Museum, Opernhaus und Theater hin- und hergeschwebt war.

Denn natürlich hatte sie jede Bühnenvorstellung gesehen. Tagsüber war es ihr dort zu unruhig, zu wenig feierlich. Sie hatte keine Freude an probenden Musikern oder fluchenden Bühnenarbeitern, sondern suchte den vollendeten Kunstgenuss, den sie dann im Museum fand.

So war sie zwar ein wandelnder Opernführer geworden, hatte sich aber nie gefragt, ob nicht schon eine lange Zeit vergangen sein musste, wenn sie zum fünfzigsten Mal die »Zauberflöte« hörte oder den zehnten Theaterregisseur bei der Arbeit bewundern konnte, weil alle vorherigen in den Ruhestand gegangen waren.

Nachdem die ersten Hemmungen überwunden waren, hatten Mitu und Hilde gemütlich zusammengesessen, in Ruhe die Erfahrungen von Spiegelwesen ausgetauscht und über vergangene Zeiten geklönt. Das Ergebnis der Bemühungen war, dass Hilde – hoch erstaunt darüber, dass man sie »schon« vermisste – sich bereit erklärte, natürlich zu ihrer Helga zurückzukommen. Vielleicht nicht gleich, denn die Saison war kurz vor dem Abschluss und es gab ja noch den »Barbier von Sevilla«, den sie über alles liebte, und einen Dreiakter, den sie tatsächlich noch nie gesehen hatte, ganz zu schweigen von den zwei Theaterstücken, die sie unbedingt noch einmal anschauen wollte. Kurz gesagt, Hilde verspürte keinerlei Eile, zu Helga zurückzukehren, und in mir drängte sich der Verdacht auf, dass dieses Spiegelwesen zwar ein künstlerisches Genie sein mochte, aber gleichzeitig eine miese Egoistin, die Mitleid und Herzensgüte, wie sie Helga Bombach ausstrahlte, nicht mal vom Hörensagen kannte.

Mitu stellte sich vor, dass wir direkt zu Frau Bombach rauschen, ihr die Geschichte erzählen und mit ihr im Schlepptau direkt wieder in das Museum gehen würden. Dort würde dann schon Hilde warten und die beiden könnten glücklich vereint die Abendvorstellung des »Barbiers von Sevilla« angucken.

Aber Mitu dachte ja auch nicht an mich. An die Dinge, die ich vorhatte. Daran, was alles erledigt werden musste, wollte ich den nächsten Tag noch erleben. Und das waren Sachen wie Gitarrenunterricht, das Nachholen der geschwänzten Stunden und Papsi erklären, dass er eine schriftliche Entschuldigung für das Schwänzen verfassen musste. Keine Frage also, Frau Bombach, Hilde und Mitu mussten bis morgen warten.

Kapitel 14

Aber das war natürlich völlig unmöglich. Und so kam es, dass Frau Bombach wie ein vergessener Koffer vor unserer Haustür saß, als wir vom Gitarrenunterricht zurückkamen. Bis dahin hatte mich Mitu schon so rund und weich wie eine Filzkugel geschwatzt und ich wäre zu allem bereit gewesen, nur um ihr Gefasel abzustellen.

Obwohl ich auf gar keinen Fall und unter keinen Umständen fremde Personen mit nach Hause nehmen durfte, lud ich Frau Bombach zu einer Cola ein. Zu fremden Personen nach Hause gehen war nämlich ebenfalls strengstens verboten und irgendwo mussten wir ja in Ruhe reden. Deshalb zeigte ich Frau Bombach den Weg durch den Garten um das Haus herum zur Terrasse. Hier war Mausi in Sicherheit vor unserem hundehassenden Kater, der uns schon bald bemerkt hatte und knurrend mit gesträubtem Buschelschwanz auf der Fensterbank saß, gut getarnt zwischen zahlreichen Blumentöpfen.

Mitu hätte nicht stolzer sein können. Und Frau Bombach nicht aufgeregter.

Während ich ausführlich von Mitus Entdeckungen berichtete, immer wieder unterbrochen von ihren Bemerkungen und Hinweisen, rutschte die alte Dame nervös auf ihrem Stuhl herum, nuckelte gelegentlich an ihrer Cola und ließ Mitu keine Sekunde aus den Augen.

»Die Oper, das Museum, Hilde!«, rief sie immer wieder ungläubig. Oder: »Unglaublich, ihr habt sie wirklich gefunden!« Und: »Meine Güte, so lange!« Und schließlich: »Wie sieht sie aus, geht es ihr gut?«

Wenn sie weiterhin so viele Zwischenfragen stellte, würden wir noch in zwei Wochen hier sitzen.

Ich war froh, dass sie nicht wissen wollte, ob Hilde nach ihr gefragt hatte oder ob Hilde sie vermisste. Weder das eine noch das andere traf ja zu und ich war nicht scharf darauf, diejenige zu sein, die ihr das erzählte. Trotzdem kamen wir nach einiger Zeit auf den heiklen Punkt zu sprechen, wann und wie das große Wiedersehen stattfinden sollte.

»Ja, ähm«, stotterte ich hilflos. »Es ist so, dass Hilde wirklich sehr an der Musik und der Kunst hängt, wissen Sie?«

»Natürlich weiß ich das. Trotzdem will sie ja zu mir zurückkommen, nicht wahr?«

»Klar tut sie das«, versicherte ich schnell. »Sie ist nur . . . also ich glaube, sie möchte auch weiterhin die Oper und das Museum besuchen.«

»Natürlich, das ist doch selbstverständlich! Wenn sie bei mir ist, werde ich sicher meine Freude daran wiederfinden!«

»Ja, aber ... ich fürchte, sie hat sich so daran gewöhnt, ein Spiegelwesen zu sein ... also, ich weiß wirklich nicht, ob sie komplett zurückkehren möchte, verstehen Sie?«

Jetzt galt es, schlau und vorsichtig die unglückselige Frau Bombach darauf vorzubereiten, dass Ego-Hilde kein Problem damit gehabt hätte, auch die nächsten vierzig Jahre als Phantom durch die Oper zu geistern.

»Mitu, jetzt hilf mir doch mal!«, jammerte ich und strafte sie mit einem bösen Blick, nannte sie auf unserem Privatsender eine feige Ratte und schickte noch eine böse Drohung hinterher. Tja, gute Taten vollbringen ist eben manchmal ganz schön unangenehm.

»Also ...« Ich seufzte schwer. »Also, Hilde möchte weiterhin eine Gestalt haben. Sie kann sich nicht vorstellen zu verschwinden. Und, na ja, sie hat überhaupt ziemlich feste Vorstellungen, was sie möchte.«

Es war ein einziges Seufzen und Stöhnen heute. Jetzt war Frau Bombach damit an der Reihe.

»Ja, das passt zu ihr. Die Kunst geht ihr über alles. Vermutlich hat sie mich deshalb verlassen. Als ich schwach war und nicht auf sie achtgeben konnte, hat sie die Gelegenheit genutzt. Trotzdem. Ich möchte, dass sie zu mir zurückkommt. Ich muss mit ihr sprechen.«

Boah, ich ahnte es schon. Als Nächstes würde man mich zum Bus jagen, dann in die Innenstadt und zum Museum, obwohl es schon später Nachmittag war, die Hausaufgaben warteten und Papsi gleich heimkommen und seine Tochter schrecklich vermissen würde. Und dann gäbe es einen Riesenärger, wegen des Schwänzens, des späten Museumsbesuchs und überhaupt.

Da! Ich hatte es geahnt. Mitu und Frau Bombach schauten mich bereits bockig an. Und Mausi. Die hatte sich zu meinen Füßen gelegt und bohrte mir mit ihrem treuen, bettelnden Hundeblick tief ins Gewissen.

»Morgen«, versuchte ich, mich herauszuwinden. »Morgen, gleich nach der Schule, ganz bestimmt, versprochen.«

Und bevor Mitu etwas sagen konnte, stand Frau Bombach plötzlich auf. »Nein, Maja hat recht. Wir gehen morgen. Es wird gut für mich sein, noch eine Nacht darüber zu schlafen. Geht ja doch alles ein bisschen schnell, nicht wahr? Nach vierzig Jahren.« Sie schüttelte den Kopf. »Wisst ihr, ihr habt schon genug für mich getan. Morgen ist auch noch ein Tag.«

Oh, ich hätte sie knutschen können! Genau, morgen war auch noch ein Tag und so würde ich wenigstens nicht ganz so viel Schelte bekommen.

»Danke, Frau Bombach«, sagte ich erleichtert. »Wissen Sie, ich würde ziemlichen Ärger bekommen. Und davon habe ich ja schon genug.«

Sie nickte.

»Ich bin euch und vor allem dir, Maja, so dankbar. Ich kann kaum ausdrücken, wie sehr. Also, wenn ich dir bei irgendetwas helfen kann, bitte sag es mir, ja?«

Natürlich sagte ich erst einmal nichts. Wer weiß, wofür ich Frau Bombach eines Tages noch brauchen würde. Wir verabredeten uns für den nächsten Nachmittag am Museum und ignorierten die schmollende Mitu. Ja, es ist schon schwierig, Geduld für gute Taten aufzubringen.

Als Papsi am Abend nach Hause kam, überraschte er mich mit dem Angebot, mir am nächsten Nachmittag einen Stadtbummel mit Klara zu gönnen. Da hatte ich ihm die Sache mit dem Schuleschwänzen natürlich noch nicht gestanden. Das musste ich später einfließen lassen, so ganz nebenbei.

»Deine Mom und ich brauchen ein wenig Zeit, um deine Party vorzubereiten. Wie wäre es, wenn du mit Klara bummeln gehst?«

»Oh, Papsi, das ist eine super Idee, aber ich muss sowieso morgen noch ins Museum. Was für Kunst recherchieren, weißt du. Wenn ich das gleich nach der Schule erledige, dann komme ich ohnehin später heim.«

Ich wusste nicht, ob Klara wirklich mit mir in die Stadt gehen wollte, ehrlich. Immerhin hatte ich sie versetzt. Und mich noch nicht einmal dafür entschuldigt. Das machte man nicht mit seiner besten Freundin und sie war hundertprozentig eingeschnappt, ganz sicher.

»Vielleicht will sie ja mit?«

»Klara? Ins Museum? Also echt, das glaubst du wohl selbst nicht.«

»Ich bin mir sicher, dass Caro das unterstützen würde. Ich habe sie vorhin auf der Straße getroffen und wir haben euch schon grob verabredet.«

»Ihr habt uns verabredet? Das wird ja immer besser!«

Neben mir zappelte Mitu: »Och, nun komm schon. Wir haben es uns verdient, morgen ein wenig unter die Leute zu kommen. Erst die Arbeit im Museum und dann bummeln gehen, o. k.? Sag Ja!«

»Pa weiß noch nichts vom Schwänzen«, ließ ich sie wissen, doch solche Kleinigkeiten waren für Mitu unerheblich.

»Er will dich loshaben, wo ist das Problem?«

Ich seufzte. Mal wieder. Seufzen wurde zu meinem Lebensinhalt.

»Papsi«, druckste ich herum, »da ist noch eine Sache. Heute Nachmittag, der Unterricht, na ja, es ging mir nicht so gut und da bin ich nach Hause gegangen. Ich meine, ohne mich zu entschuldigen.«

Sofort wurde Pa ernst, sein Blick eindringlich, seine Aufmerksamkeit hundertprozentig.

»Verstehe ich nicht. Sag das noch einmal.«

»Na ja, es ging mir nicht gut und ich habe den Nachmittagsunterricht ausfallen lassen.«

»Einfach so?«

»Einfach so. Ich war in der Mittagspause im Museum, da wurde mir so komisch, also bin ich direkt nach Hause gefahren. Deshalb muss ich ja morgen noch einmal hin. Ins Museum, meine ich.« Uh, jetzt war mir tatsächlich schlecht. Das waren ja gleich zwei Lügen auf einmal!

Hinter seiner Stirn ratterte es, als wäre er der Hauptbahnhof persönlich. Wir beide kneteten unsere Finger. Papa, weil er so angestrengt überlegte, ich aus Nervosität.

»Und was soll ich jetzt tun?«

»Na ja, ich brauche ein Entschuldigungsschreiben.«

»Und damit ist es erledigt?«

»Also, schon. Ja.«

Seine Augen weiteten sich. »Meine liebe Maja. Wir sind sehr geduldig und großzügig, deine Mutter und ich. Eher gesagt, wir waren sehr geduldig und großzügig, solange die Schule nicht unter deinen Launen litt. Jetzt fängst du an zu schwänzen, und das geht gar nicht. Absolut nicht.« Seine Stimme war lauter geworden und immer lauter und er hatte noch mehr drauf. Siebeneinhalb Minuten lang durfte ich mir nun eine gesalzene Predigt anhören – in ziemlicher Lautstärke. Fortissimo. So kurz vor dem Schreien. Ich saß da, knetete meine Hände und versuchte, nicht davonzulaufen. Die Predigt hatte ich verdient. Papa hatte recht, wenn er sich aufregte. Es änderte nur nichts. Geschwänzt hatte ich schon, ich brauchte jetzt dringend das Schreiben.

Nach der Predigt waren wir dann so weit.

»Hast du das verstanden?«

»Klar, Papsi, wird nicht wieder vorkommen«, meinte ich schuldbewusst.

Er machte Anstalten, sich zu erheben. Stopp, da fehlte noch etwas!

»Papsi, was ist denn nun mit dem Schreiben?« Kleinlauter konnte meine Stimme einfach nicht mehr werden. Sein vernichtender Blick traf mich direkt in den Bauch, wumm.

»Hast du morgen früh.« Er knurrte wie ein gereizter Kettenhund, um den man besser einen großen Bogen machte. Gut, dass ich nicht heute noch ins Museum gegangen war, wir beide waren auch so schon an unserer Belastungsgrenze für häuslichen Unfrieden.

Am nächsten Morgen schien alles vergessen. Fast alles. Der Brief lag fein säuberlich neben meinem Frühstücksteller. Bevor ich ihn stillschweigend einstecken konnte, tauchte Papsi hinter seiner Zeitung auf, knurrte »Guten Morgen«, als sei das Leben an sich eine Katastrophe und es sei nie wieder ein guter Morgen zu erwarten. Ohne mich anzusehen, knallte er mir zwanzig Euro auf den Teller. Lecker, lecker. Was sollte das denn? Wurde ich jetzt auch noch belohnt fürs Ärgermachen? Gab es neuerdings pro geschwänzter Stunde zehn Euro?

»Dein Brief und ein bisschen Taschengeld für heute Nachmittag«, erklärte der beste Papa von allen das Unerklärliche. Ach so, ja, richtig, der Nachmittag mit Klara.

»Danke«, nuschelte ich, »weiß aber noch nicht, ob das auch klappt mit Klara.«

»Es wird klappen, sei dir sicher.«

Nun waren zwanzig Euro viel Geld. Nicht so viel allerdings, dass man sich davon haufenweise »Spaß« kaufen konnte. Nicht wenn man mit Klara und Mitu unterwegs war. Trotzdem war es kein schlechtes Angebot für eine Fast-Dreizehnjährige, die noch dazu am nächsten Tag Geburtstag hatte und da voraussichtlich ebenfalls Geld einnehmen würde. Es war, man musste es klar sehen, ein knallharter, sehr dreister Bestechungsversuch. Man wollte mich aus dem Weg räumen und man wollte mich zur Vernunft bringen. Mit Geld. Vernünftigkaufen sozusagen. Kurzerhand wischte ich alle Bedenken beiseite, beschloss, dass heute ein guter Tag war, um mich bei Klara zu entschuldigen, und willigte ein.

So kam es, dass der wichtige Brief in meinen Schulrucksack und das Geld in mein Portemonnaie wanderten und ich mich sogar darüber freuen konnte, denn heute würde mir die fette Alba ganz sicher nicht meine Barschaft abluchsen.

»Ich habe Geld für einen gemeinsamen Nachmittag mit dir bekommen«, begrüßte mich Klara. Sie hing kaugummikauend auf der Wartebank der Bushaltestelle.

»Tja, so etwas Grausiges kann man wohl nur mit ordentlicher Bezahlung aushalten«, grinste ich sie schief an und stieg hinter ihr in den Bus, der gerade quietschend vor uns angehalten hatte. Schuldbewusst schob ich hinterher: »Tut mir übrigens leid wegen gestern. Mir war auf einmal so schlecht, dass ich einfach nur noch nach Hause wollte.«

»Ist schon in Ordnung«, meinte Klara leichthin. »Leider habe ich das Geld nur gegen das heiligste aller Versprechen bekommen, mit dir unterwegs zu sein, und das macht eben keinen Spaß, wenn man sauer ist.« Sie grinste frech und ich wollte lieber nicht wissen, was Klara so heilig war, dass sie darauf ein Versprechen abgab.

»Lohnt es sich wenigstens? Wie viel ist es denn?«, fragte ich.

»Zwanzig Euro«, antwortete sie und musterte mich skeptisch. Sie überlegte offensichtlich, ob nicht noch ein bisschen mehr herauszuholen gewesen wäre.

»Hab ich auch gekriegt«, nahm ich ihr den Wind aus den Segeln.

»Oh.«

»Genau, wir müssen allerdings erst im Museum vorbei. Hab da noch etwas zu erledigen.«

»Museum!«, schrie Klara entsetzt. »Wir waren doch erst nach den Weihnachtsferien mit der Schule im Museum, das reicht für ein ganzes Jahr! Was bitte hast du dort zu erledigen?«

»Muss was nachschauen, hab ich Pa versprochen.«

»Oh nee, wenn ich das gewusst hätte! Da wären ja auf jeden Fall mehr als zwanzig Euro drin gewesen.«

Als ich am Nachmittag in die Eingangshalle des Museums trat, saß Frau Bombach auf der Bank neben der Männerfigur, die wie immer unschuldige Besucher an der Nase herumführte. Sie hatte sich sogar ein wenig an das Kunstwerk angelehnt, als würde sie Halt suchen oder sei zu schwach, sich alleine aufrecht zu halten. Vielleicht war sie das auch. Vor lauter Erwartung oder Furcht, was passieren mochte.

Kaum, dass ich die Halle betreten hatte – mit dem leibhaftigen Elend an der linken und der puren Vorfreude auf der rechten Seite –, sprang sie auf und lief mir entgegen.

»Ach, du hast eine Freundin mitgebracht«, begrüßte sie uns aufgeregt. »Wie schön, euch zu sehen, ich bin schon so ungeduldig. Helga Bombach.« Sie streckte Klara die Hand entgegen, die sie höflich nahm und sich ebenfalls vorstellte. An ihrer gerunzelten Stirn erkannte ich, dass sie nichts kapierte und sich fragte, in welchem falschen Film sie denn nun gelandet war.

»Ich gehe schon ein paar Schritte vor, eine Karte für dich, Maja, habe ich schon. Konnte ja nicht ahnen, dass ihr zu dritt, äh, zu zweit kommt. Hier.« Sie drückte uns schnell die Eintrittskarte in die Hand und flitzte mit erstaunlicher Geschwindigkeit davon.

»Bis gleich! Ja, ja, ich komme ja schon!«

Die Frau benahm sich wirklich merkwürdig. Noch jemand, der wunderlich war, würde Klara später berichten. Doch sie konnte ja nicht sehen, dass Mitu schon vorgegangen war und ungeduldig in unsere Richtung winkte.

»Wer war das denn?«, fragte mich Klara, während wir gemütlich durch die Ausstellungsräume schlenderten.

»Och, Frau Bombach. Die ist ein wenig schräg. Wohnt in der Nachbarschaft und hat angeboten, mir heute den Eintritt zu übernehmen. Sie hat einen Fimmel fürs Museum, weißt du, und jetzt glaubt sie, dass sie mir die Kunst nähergebracht hat.«

»Aha, und was solltest du für deinen Vater nachschauen?«

»Nicht so wichtig, da gibt es so ein Bild, keine Ahnung, wo das steht, er meinte, ich soll es mir anschauen, er will mir dann etwas dazu erklären oder so. Irgendwas Erzieherisches wahrscheinlich, du weißt ja, wie Eltern sind.«

»Also meine zwingen mich nicht, ins Museum zu gehen. Sind wir bald fertig hier? Das ist ja eine Stimmung wie auf dem Friedhof.«

Huch! Wo hatte ich das schon einmal gehört? Na klasse, Klara und Mitu waren seelenverwandt.

»Warte mal, ich glaube, wir müssen hier lang.«

Keines der schönen oder verwirrenden Kunstwerke wurde von uns gewürdigt. Klara schlurfte lustlos neben mir her und fragte nach jedem zehnten Schritt, ob wir endlich aus diesem Trauerhaus herauskönnten, und ich suchte nach Mitu oder wenigstens Frau Bombach. Wehe, Hilde würde uns jetzt versetzen.

Endlich, dort im Türrahmen stand Frau Bombach. Sie lehnte sich schon wieder an und ich ging unwillkürlich schneller aus Furcht, sie würde sich nicht wohlfühlen. Doch alle Sorge war umsonst. Kaum hatte sie uns näher kommen hören, legte sie den Finger an den Mund.

»Still, wir müssen noch ein wenig warten«, flüsterte sie. Ich folgte ihrem Blick. In der letzten Zeit hatte ich viel Sonderbares gesehen, klar, aber nun gesellte sich ein weiteres ungewöhnliches Bild dazu: Zwei transparente Spiegelwesen, eines etwas größer und eines ein bisschen kleiner, saßen mit dem Rücken zu uns auf einer Bank vor einer riesigen grünen Wiese, als wären sie ein Teil des Bildes, denn die Wiese war natürlich gemalt und die Bank eigens platziert, um genau dieses gigantische Bild betrachten zu können. Es zeigte viele Blumen, einen unverschämt blauen Himmel und eine fröhliche Picknick-Gesellschaft, bei der die Frauen lange, altmodische Sommerkleider, rüschige Schirmchen und ausladende Hüte trugen.

Ich hatte einen Kloß im Hals und Frau Bombach musste es ähnlich ergehen. Ihre Augen guckten wässrig, hin und wieder bebte ihr Mund, man wusste nicht, ob es ein Weinen oder ein Lächeln werden sollte oder nur ein altersbedingtes Zucken war.

»Ist es das?«, trompetete Klara, schob sich zwischen uns hindurch und stellte sich mitten vor das Bild. Jetzt würde sie gleich einen Schritt nach hinten machen und auf die Bank plumpsen und damit direkt auf Mitu und

Hilde. Ich wusste es. Tatsächlich. Mit aufgerissenem Mund und geweiteten Augen starrte sie das Gemälde an. Wir wurden Zeuge, wie in diesem Augenblick das bisschen Kunstverstand geweckt wurde, das still und heimlich gut versteckt irgendwo in Klara geschlummert hatte.

Das Zweiergespann spritzte erbost auseinander und rettete sich vor Klaras Hintern. Mein Zeichen einzugreifen.

»Mitu, ist alles geklärt? Können wir gehen?«

Mitu nickte, erhob sich und wir verließen das Museum, natürlich ohne Frau Bombach und Hilde, die sich noch aussprechen mussten. Und fast auch ohne Klara, die sich so sehr in das Bild vertieft hatte, dass ich sie mehrfach rufen und schließlich an den Schultern rütteln musste, um sie aus ihrer Versunkenheit zu wecken.

Kapitel 15

Was muss eigentlich alles passieren, damit man einen Tag vor seinem Geburtstag seinen Geburtstag vergisst? Es muss ein ganz wundervoller, total grauenhafter oder mehr als spannender Tag sein, oder? Und so war es auch. Nachdem das Museum eine bekehrte Klara, eine vom Erfolg aufgepeitschte Mitu und mich – in normalem Gemütszustand – ausgespuckt hatte, konnten wir direkt unseren Spaßmittag starten. Nein, nicht direkt. Klara brauchte eine Weile, um in die Gänge zu kommen. Erst als wir im Museumsshop eine Postkarte mit dem Picknickbild gefunden hatten und sie noch drei weitere Kunstkarten mit Strand- und Waldmotiven gekauft hatte, war sie zufrieden. Ich sagte nichts, ich dachte nur. Und zwar hatte ich einen ganz konkreten Verdacht, was da gerade in ihrem Kopf vor sich ging. Spiegelwesen und so. Später musste ich unbedingt mit Mitu darüber sprechen, die momentan allerdings ganz andere Interessen hatte als ausgerechnet Klaras plötzlichen Wandel zur Kunstliebhaberin.

Sie zog mich in das erstbeste Kaufhaus, fiel über die Klamottenabteilung her, büxte in die Schmuckabteilung aus und sprühte munter mit den Probierfläschchen der Drogerieabteilung herum, bis ich dem Spuk der fliegenden Fläschchen ein Ende bereitete. Mitu zerrte mich hinter sich und ich zerrte wiederum Klara hinter mir her, sodass ich bald das Gefühl hatte, meine Arme seien mindestens zehn Zentimeter länger geworden. So ging das nicht weiter.

»Klara, was möchtest du eigentlich? Jetzt bestimmst du mal.« Sagte ich mit Betonung auf DU, in der Hoffnung, dass Mitu ein wenig zurücksteckte. »Ich habe noch immer meine zwanzig Euro. Wollen wir Eis essen gehen? Oder zu McDo?«

»Eis? Ja, warum nicht.« Folgsam trabte sie in Richtung Eisdiele. Mitu und ich schüttelten den Kopf, ausnahmsweise einer Meinung, was Klaras auffälliges Verhalten anging.

Das Eis ließ Klara endlich wieder zu sich kommen. Keine fünf Minuten, nachdem sie den ersten Löffel verspeist hatte, giggelte und gackerte sie wie eh und je. Ich wollte lieber nicht wissen, welche unerlaubten Zusatzstoffe da drin waren. Und sie übertrieb mal wieder gnadenlos. Wie Mitu, die konnte auch ganz hervorragend von einem Extrem ins andere fallen. Jedenfalls bekam sie aus heiterem Himmel einen solchen Lachanfall, dass der fünfte Löffel Eis aus ihrem Mund hervorprustete wie der Funkenregen bei einer Silversterfontäne der Extraklasse. Schlecht, dass sie giftgrünes Pistazien- und dunkelbraunes Schokoeis bestellt hatte. Noch schlechter, dass sie ein vanillefarbenes T-Shirt mit lilafarbener Aufschrift »Wetterhexe« trug. Denn genauso sah sie jetzt aus.

»Sieh dir bloß die Sauerei an«, jammerte sie, nahtlos vom schallenden Gelächter ins Fast-Weinen übergehend. »So kann ich doch nicht rumlaufen! Das sieht echt scheiße aus! Wie bei einem Sabberbaby!«

Uh, Klara, jetzt bitte keine schlechte Laune kriegen.

»Wir haben ja noch ein paar Euro, davon kaufen wir dir ein neues T-Shirt, o. k.?«, schlug ich ein wenig übereilig vor. Mist, mein schönes Extrageld würde für Klaras blödes T-Shirt draufgehen. Und sie würde sich sicher keines für 5,95 aussuchen. Mein Zwanziger war futsch, so tot wie ein Räucherlachs in der Fischtheke.

Mein Vorschlag gefiel Klara. »Ja«, stimmte sie mir entzückt zu, »gute Idee, weißt du noch, vorhin, das weiße T-Shirt mit dem Glitterdruck. Hat nur einen knappen Zwanziger gekostet. Lass uns schnell gehen, die Schmiere hier klebt eklig auf der Haut.«

Hatte ich es nicht gesagt? Keine einzige ihrer Gehirnzellen verschwendete einen Gedanken daran, dass ich den Großteil des Shirts bezahlen würde. Zu ihrem Glück war ich in überaus friedlicher Stimmung, sodass wir ein paar Minuten später unsere Bummelstrecke zurückgingen, das Wunschshirt heraussuchten und Klara schließlich freudestrahlend aus der Umkleidekabine winken konnte.

»Genau richtig, wie für mich gemacht!«

Sie konnte mit dem Strahlen überhaupt nicht mehr

aufhören. Wie der Brennstab eines Reaktors, Strahlengarantie für die nächsten einhundert Millionen Jahre. Weil sie so gut in Form war, durchforstete sie gleich noch ein paar Kleiderstangen und verschwand mit mindestens fünfzehn weiteren Stücken. Am Schluss wurde es doch nicht das weiße Shirt, sondern ein himmelblaues mit Engelchenflügeln auf dem Rücken.

Während der ganzen T-Shirt-Aufregung hatte sich Mitu bemerkenswert ruhig verhalten. Sie schlich still und in sich gekehrt neben uns her. Keine Einkaufsberatung. Keine bissigen Kommentare zu meinem selbstlosen Verzicht auf das unerhoffte Taschengeld, aber auch keine Freudenschreie und Konsumgier. Sie sah so entsetzlich trostlos aus, dass ich sicher war, sie hätte Bäche von Tränen vergossen, wenn das einem Spiegelwesen möglich gewesen wäre. Ich konnte nicht anders. Ich konnte ihren mitleiderregenden Zustand nicht länger ignorieren, vor allem, weil ich mir überhaupt nicht erklären konnte, wer oder was für ihren Stimmungswandel verantwortlich war. Puh, langsam hatte ich es wirklich satt, mich um die Befindlichkeiten meiner Begleiterinnen zu kümmern. Sehr anstrengend.

»Was ist denn mit dir los?«, fragte ich also ungnädig. »Das war doch ein erstklassiger Nachmittag. Hilde zur Vernunft gebracht, Frau Bombach glücklich gemacht, Klara zur Kunstliebhaberin bekehrt und dann noch in meinem Eis rühren? Was willst du mehr?«

»Das ist es nicht«, meinte sie betrübt und seufzte mit

einer Inbrunst, wie ich es sonst nur von Papsi kannte, wenn er Briefe vom Finanzamt erhielt. »Ich fühle mich so leer, so überflüssig. Ich habe gesehen, wie klasse es ist, Freunde zu haben, wirklich schöne Dinge zu erleben, anderen zu helfen. Das Leben ist so schön, dass es mich ganz traurig macht.«

Sah sie nicht auch ein wenig blass und transparent aus? Wirkte sie nicht ein wenig durchsichtiger als sonst? Musste ich mir Sorgen um meine Spaßkanone machen?

»Ach Mitu, das ist doch immer das gleiche Thema. Genieße einfach, dass du jetzt hier sein kannst, das ist doch schon viel mehr, als die anderen Spiegelwesen haben. Ich kann dir mein Leben nicht überlassen.«

»Weiß ich doch«, jammerte sie mit brüchiger Stimme.

Konnte ich wirklich nicht? Ich musste ihr ja nicht gleich mein ganzes Leben schenken – aber etwas anderes, das sie glücklich machen würde, könnte ich vielleicht tun. Etwas, das für sie unvergesslich sein würde. Etwas ganz Besonderes. Mir kam es vor, als wäre eine Ewigkeit vergangen, als wir endlich zu Hause eintrudelten. Dabei waren seit dem kurzen Gespräch mit Mitu gerade mal eineinhalb Stunden vergangen. Aber ich war fix und fertig und hing in meinem Terrassenstuhl, als hätte ich einen Tag lang Klaras Einkaufstüten geschleppt. Frau Bombach war wieder aufgetaucht und wir konnten alle von Glück sagen, dass weder Papa noch Herkules zu Hause waren. Direkt vom Museum war sie hierhergekommen. Sie musste uns einfach erzählen, wie es mit Hilde und ihr weitergegangen war und . . . Mal ehrlich, sie hätte gar nicht viel erzählen brauchen, denn Hilde war mit ihr gekommen, und das sagte ja wohl alles. Aber sie erzählte trotzdem und erzählte immer weiter, während Hilde auf der Suche nach künstlerischem Input durch unser Haus streifte. In der Hinsicht waren wir leider eine ziemliche Wüste, seit Mom ausgezogen war und die Opern-CDs, die Klaviernoten und ihre Bücher mitgenommen hatte.

Wir ließen sie suchen, so hatten wir wenigstens Zeit, uns Frau Bombachs Geschichte anzuhören.

»Was sagt Mausi eigentlich zu ihrer Hilde?«, fragte ich neugierig. Herkules und Mitu hatten sich wieder versöhnt, Hackfleischbällchen sei Dank.

»Sie ist eifersüchtig«, lachte Frau Bombach, »aber das bekommen wir schon hin, wir drei.« Ich gab ihr den Tipp mit den Fleischbällchen und sie versprach, es auszuprobieren.

Als wenig später Papa mit überaus erstauntem Gesichtsausdruck in der Terrassentür stand, hatten wir von Frau Bombach bereits alles erfahren. Immerhin begrüßte er sie formvollendet, fragte mit zweideutigem Unterton, ob sie anständig bewirtet worden sei, und setzte sich nach kurzem Zögern zu uns. Die beklemmende Stille brach, als er sich ebenso wie wir über eine außerirdische Begegnung zwischen Herkules und Mausi kaputtlachte. Herkules, der mit stolz erhobenem Haupt von einem ausgedehnten Jagdausflug zurückkehrte, prallte förmlich mit Mausi zusammen, als er seine schlaffe Beute auf der Terrasse platzieren wollte. Mausi, die im letzten Augenblick ihren Erzfeind erkannte, war jaulend zur Seite gespritzt und fiepte nun zitternd vor Furcht neben Frau Bombachs Stuhl. Die unbesiegbare Heldin, die im Bus die teuflische Alba gestellt hatte, machte sich in die Hosen vor einem größenwahnsinnigen Kater! Der hatte sich so erschrocken, dass er seine Beute fallen ließ, worauf das eben noch tote Mäusegulasch zu plötzlichem Leben erwachte und davonsauste, als hätte es nie im Maul eines Katers gehangen. Herkules war frustriert. Und sauer. Und hätte Frau Bombach nicht überaus hastig mit Mausi auf dem Arm die Flucht ergriffen, hätte die Geschichte noch einen blutigen Ausgang genommen. Sie eilte schon durch das Gartentor, als sich Hilde und Mitu noch mit Küsschen rechts und links auf die Backe verabschiedeten.

»Frau Bombach, so? Was wollte die eigentlich?«

»Nur schwatzen. Ich glaube, sie ist ein wenig einsam. Und sie ist wirklich ganz nett.« Ich zuckte mit den Schultern.

»Solange sie nicht dauernd hier rumhängt.«

»Nö, glaube ich nicht. Schon allein wegen Herkules.«

»Alles klar. Wie war dein Nachmittag? Spaß gehabt mit Klara?«

»Pfff«, machte ich und gab ihm einen kurzen Abriss

unseres Stadtbummels inklusive gekürzten Museumsberichts, Eis-Katastrophe und T-Shirt-Suche, was Papa schrecklich amüsierte.

»Na, ihr seid vielleicht zwei schräge Gurken«, lachte er, »Caro wird dir den Zwanziger sicherlich ersetzen, ich bin mir sicher. Aber sag, freust du dich auf morgen?« Papsi grinste mich vielsagend an.

»Klar, ist doch mein Geburtstag«, antwortete ich pflichtschuldig und sofort waren wieder die schlimmsten Befürchtungen da, was meine Eltern sich ausgedacht haben könnten. Ich wollte mir lieber nicht vorstellen, was alles schiefgehen konnte, und gab stattdessen vor, mich bedenkenlos zu freuen, nur damit Papsi nicht jetzt schon traurig sein musste.

Mein Geburtstag. Hhm, gutes Gefühl! Ich rekelte mich noch etwas länger in den Kissen als notwendig und lauschte, ob eines der typischen Geburtstagsvorbereitungsgeräusche von unten zu hören war: Geschirrgeklapper oder Geflüster oder das Schleifgeräusch, das entstand, wenn man ein überdimensionales Geschenk über den Fußboden zog, weil es zu schwer zum Tragen war. Manchmal knallte auch ein Luftballon, der zur Deko aufgeblasen wurde. Früher war der Duft des frisch gebackenen Geburtstagskuchens durch die Türritzen gedrungen, doch in diesem Jahr würde Mama nur den fertigen Kuchen beisteuern, sodass es bestenfalls nach Kaffee und Kerzen duften würde.

Die Pflicht des Geburtstagskindes bestand darin, auf keinen Fall zu erscheinen, bevor nicht alle diese geheimnisvollen Vorbereitungen getroffen waren. Nichts ärgerlicher, als wenn man die Familie beim Tischdecken ertappte. Nichts enttäuschender, als wenn man nach unten kam und noch kein Gabentisch vorbereitet war.

Also lag ich und genoss. Bis völlig ungeburtstägliche Gedanken über meine Bettdecke zu wandern begannen, dort ihre Runden drehten, immer schwerer und schwerer wurden und schließlich so unerträglich bleiern waren, dass sie mich aus dem Bett trieben. Natürlich drehten sich diese Gedanken um Mitu. Seit gestern geisterte eine ganz bestimmte ungeheuerliche Idee in meinem Kopf herum, die mich vielleicht von Mitu befreien konnte. Aber von Zweifeln geplagt, hatte ich mich bisher noch nicht durchringen können, mit ihr darüber zu sprechen.

Jetzt musste ich sowieso erst einmal meinen Pflichten nachkommen. Ein Blick auf den Wecker bestätigte, dass es höchste Zeit war. Schnell schlüpfte ich in bequeme Klamotten und hatte schon wieder etwas zum Genießen: das Gefühl der Vorfreude. Es kribbelte im Bauch. Mein Herz klopfte erwartungsvoll. Ich öffnete beschwingt die Tür und hörte leise Musik, roch Kaffee und Kerzen, hörte Mamas, Papas und Vincis Stimmen – und sah Mitu am Treppenabsatz stehen, die ungeduldig in die Hände klatschte. Ich verspürte einen kleinen Stich. Es war doch mein Ehrentag, was mischte sie sich schon wieder ein!

»Vorwärts, vorwärts, wo bleibst du denn, alle warten schon auf dich, alles Gute! . . . Ist das aufregend, ein richtiger Geburtstag! Nun mach schon!« Ihr treuherziger Wortschwall ergoss sich warm und belebend über mich, spülte all meine fiesen Miesepetergefühle beiseite und steigerte meine Vorfreude ins endgültig Unermessliche.

Kaum war ich unten angekommen, ertönte »Alles Gute für dich« in schrägen Tonlagen und ich wurde geküsst, geherzt und von Vinci angesprungen und auf meinen Platz am Tisch gedrückt.

Sie hatten sich solche Mühe gegeben. Ein Blumenkranz zierte meinen Teller, eine dicke Obsttorte war mit dreizehn brennenden Kerzen versehen, Luftschlangen und Luftballons türmten sich über der ganzen Tafel. Genau so, wie die letzten zwölf Geburtstage auch, und genau so, wie es sein musste.

»Oh, Mom, Vinci, dass ihr extra so früh gekommen seid, das ist so schön«, freute ich mich.

»Na hör mal, es soll doch so perfekt sein wie immer!« Mama drückte mich gleich noch einmal, so gerührt war sie.

»Oh, das habt ihr genial gemacht, echt!« Vor Freude musste ich fast weinen. Der dicke Klumpen im Hals machte meine Stimme ein wenig brüchig. Ich schluckte, damit es keiner bemerkte.

»Die Geschenke, die Geschenke, du musst die Geschenke auspacken und die Kerzen ausblasen. Guck mal, was ich dir gebastelt habe!«

Vince warf mir ein Knäuel Papier in den Schoß, das sich bei näherer Betrachtung als kunstvoll eingewickeltes Päckchen erwies. Vorsichtig faltete ich es auseinander und entblätterte eine Ansammlung von bunt bemalten, zusammengeklebten Toilettenpapierrollen. Bevor ihm mein ratloser Blick auffallen konnte, sagte Mama schnell: »Ein Stiftehalter für den Schreibtisch.«

Oh ja, jetzt erkannte ich es auch. Vince bekam einen dicken Kuss für seine Mühe und freute sich kringelig.

Über die restlichen Geschenke musste ich mich kringelig freuen. Das gehörte zu meinen heutigen Pflichten. Auch wenn ich mir schon vorstellen konnte, was mich erwartete. Denn obwohl ich alle Gedanken an den Geburtstag von mir geschoben hatte, so hatte ich doch nicht vergessen, hier und da ein Wort über dringende Bedürfnisse zu verlieren und den Gabentisch in die richtige Richtung zu steuern: »Ach, es wäre schön, wenn ich ...« Oder: »Hätte ich doch nur ein Soundso.« Oder noch besser: »Also, das wäre nicht passiert, wenn ich ein Dingsbums gehabt hätte.« Und weil sich alle großteils daran gehalten hatten, wurden meine Erwartungen voll erfüllt.

Nun, vielleicht nicht so ganz: Irgendwo im hintersten Eckchen meines Verstandes hatte ich gehofft, dass auch Mitu mir ein Geschenk machen würde. Ein ganz spezielles Geschenk, das es mir ersparen würde, mir weiter den Kopf über meine ganz bestimmte Idee zu zerbrechen. Sie hätte zum Beispiel einfach nur herkommen und sagen brauchen: »Liebe Maja, danke für alles, zu deinem Geburtstag schenke ich dir hiermit meinen Abgang«, oder so ähnlich und sie hätte damit den Preis für das allerwunderbarste Geschenk des Tages erhalten.

Tat sie aber nicht. Kein Wunder, wir sprechen ja hier von Mitu, der Heimsuchung, und nicht von Mitu, der Heiligen.

Nach einigem Hadern beschloss ich, es ihr nicht übel zu nehmen. So war sie eben. Auch wenn sie in diesem Augenblick engelsgleich neben mir saß und mich gerührt angrinste.

Nachdem den ganzen Tag Gratulanten um mich herumgewuselt waren, die andauernd wissen wollten, ob ich denn auf heute Abend gespannt wäre, und sich diebisch freuten, dass ich keinen blassen Schimmer hatte, was mir bevorstand, hatten Mitu und ich erst kurz vor dem entscheidenden Startschuss für meine Party einen winzigen Moment für uns. Es musste eine geheime Regel geben, die besagte, dass man Geburtstagskinder keine Sekunde alleine oder aus den Augen lassen durfte. Vince trieb es auf die Spitze, als er mich sogar bis auf die Toilette verfolgte, pausenlos auf mich einredend. Als ich ihn hinausgeschoben hatte, redete er durch die geschlossene Tür einfach weiter.

Aber dann war ich doch irgendwann alleine – mit Mitu – und konnte trotz aller Zweifel meine Idee loswerden, die mir schon fürchterlich auf der Zunge gebrannt hatte. Und weil sie diese spezielle Idee spontan so toll gefunden und sofort schamlos meinen selbstlosen Vorschlag angenommen hatte, saß ich jetzt, eine Stunde später, im Spiegelsaal und sah Mara mit leuchtenden Augen auf mich zukommen. Hilfe!

Vielleicht war ich wirklich verrückt, nach allem, was geschehen war. Aber weil mir meine ganz spezielle Idee nicht mehr aus dem Kopf gegangen war, die außerdem die einzige Idee war, die ich hatte, musste ich in den sauren Apfel beißen und zur Tat schreiten.

Wir hatten also eine Abmachung getroffen, dort in meinem Zimmer, so kurz vor der Party meines Lebens, und ich konnte nur hoffen, dass sich Mitu an ihren Teil der Vereinbarung hielt.

Meinen Part hatte ich schon erfüllt, indem ich hier saß. Absichtlich dieses Mal. Mit äußerst guter Absicht sogar. Und ich saß nicht schlecht in dem breiten Sofa mit kuscheligen Kissen, einem Tischchen voll mit Cocktails, natürlich alkoholfrei, Knabbereien, Büchern, Nintendo-Spielen und einem iPod neben mir, sodass ich alles hatte, was ich für einen gemütlichen Abend benötigte. Zudem hatte ich den direkten Blick in den Hauptspiegel: mein Tor zu Welt. Und wenn ich wollte, konnte ich mir das heutige Top-Programm ansehen: die Live-Übertragung meiner eigenen Geburtstagsparty.

Als ich begriffen hatte, was sich Mom und Papsi hatten einfallen lassen, hatte ich eine geschlagene halbe Stunde lang meine völlig bescheuerte Entscheidung verflucht, diesen Hirnfurz, der mich um einen Megaspaß brachte, um eine Riesenfete und um . . . Ach, lassen wir das.

Dann hatte ich solch einen Lachanfall bekommen, dass man sich noch in fünfzig Jahren davon erzählen würde. »Museum?«, hatte ich gekeucht, bevor ich wieder vom Lachen geschwächt zusammenbrach. »Ihr meint ausgerechnet das Kunstmuseum?«

Gut, dass ich dieses Mal keine Laugenstange im Mund gehabt hatte, denn ich hatte gelacht, bis mir die Tränen über die Wangen gelaufen waren und bis ich mich so heftig verschluckt hatte, dass das Gelächter in einem großartigen Hustenanfall geendet war. Mittlerweile war Mitu, von einem ähnlichen Ausbruch geschwächt, kraftlos wie ein Pudding auf das nächstmögliche Möbel gesunken.

Mama, Papa und Vince hatten zuerst mitgelacht, sich dann aber immer unruhiger angeschaut und irritierte Blicke gewechselt. Papas Stimme hatte verärgert geklungen, als er gefragt hatte: »Was ist denn so komisch am Museum? Es gibt keine Führung und auch keinen Bastelkurs, sondern eine Party, wir dachten, du fändest das cool!«

»Klara«, hatte ich gekeucht, »Klara ist komisch.«

»Und vielleicht Max? Ist Max auch komisch?«, hatte meine Mom schnippisch gemeint.

Max, herrje, diese alte Geschichte, dass sich da noch jemand dran erinnerte, das war doch Urzeiten her!

»Also nee, kein Max, aber Frau Bombach und Hilde und das Museum, das ist wirklich unglaublich.« Ich hatte geröchelt und nach Luft gerungen. Erbarmen, das war wirklich die unglaublichste Geschichte aller Zeiten! Und ich hatte gewusst, dass an meiner ganz speziellen Mitu-Idee einfach alles goldrichtig war.

Kapitel 16

Ich – also Mitu – feierte bis spät in die Nacht. Mit Disco, Nacht-im-Museum-Spezialeffekten und Gruseleinlagen. Alle waren gekommen, und wenn ich ALLE sage, dann meine ich auch ALLE. Sogar ein paar ältere Jungs. Zum Beispiel ein bestimmter Kerl aus der neunten Klasse, den sich Klara mitgebracht hatte. Meine Freundinnen und Freunde aus der Schule, aus dem Tennisverein, aus der Nachbarschaft und natürlich Gustav. Ja, ich war sogar eifersüchtig, dass Gustav dabei war und nun mit Mitu tanzen und sich mit ihr gruseln würde und nicht ich. Ob er den Unterschied bemerken würde?

Gott, ich war so neidisch, dass es mich anfangs kaum auf meinem Komfort-Sofa hielt, bis ich begriff, dass ich ja noch die Chance hatte, einen ganzen Berg solcher Feten zu erleben. Dass ich erst am Anfang meiner ganz privaten Partyzeit stand. Dass die Welt groß und weit war und hinter jeder Ecke eine coole Feier wartete. Trotzdem ätzend.

Hin und wieder gönnte ich mir einen Blick in den Spiegel. Mitu hatte mir versprochen, für eine saubere Leitung zu sorgen, und bis jetzt funktionierte der Deal. Ich beobachtete eine Weile die hüpfenden und flirtenden Mädels und Jungs, die meine Freunde waren. Komisches Gefühl. Aber mit komischen Gefühlen kannte ich mich ja aus.

Es war mühsam, Mitu in der Menge auszumachen. Sie sprang mitten in der Menge auf und nieder wie ein Frosch, der eine Ausbildung zum Fakir machte. Sah ich auch so aus, wenn ich versuchte, coole Bewegungen zur Musik zu machen? Das musste ich überprüfen, unbedingt. Gelegentlich kam eine meiner Freundinnen angetanzt, machte eine kurze Bemerkung, erntete ein freudiges Lächeln und schob wieder weiter. Das war gut so, denn so hielt sich der Blödsinn in Grenzen, den Mitu von sich geben konnte.

Träge blätterte ich in meinem Roman. Gähn, im Vergleich mit meinen bisherigen Erlebnissen fand ich ihn sterbenslangweilig – wobei mein ganz privates Abenteuer im Moment leider auch alles andere als aufregend war. Sofa, Beistelltischchen und Unterhaltungselektronik. Ich hätte genauso gut krank zu Hause liegen können, so spannend war es hier. Das einzig wirklich Interessante war die Frage, ob mich Mitu wieder herauslassen würde oder nicht, und das würde sich erst in einigen Stunden klären.

Das Buch flog zurück auf das Tischchen, als Mara auf mich zusteuerte.

»Du wolltest mich doch besuchen, he?«, schnauzte sie mich an, stellte sich mit in die Hüften gestemmten Fäusten vor mich und schaute zum Fürchten aus.

Niederschmetternd. Ich würde meinen Geburtstag in den Händen dieses verkorksten Wesens verbringen und nur mit viel Glück einer Folterwerkstatt entgehen. Mühsam erhob ich mich. Was blieb mir auch anderes übrig? Wenn ich nicht von ihr klein wie ein Streichholz geschrien oder mit Fußtritten durch den Spiegelsaal gejagt werden wollte, musste ich ihr wohl oder übel gehorchen.

»Gut«, stellte Mara in ihrer charmanten Art fest. »Komm mit, hab extra aufgeräumt.«

Mich schauderte, als mich Mara zu ihrem trüben Spiegel führte, den ein schwarzer, staubiger Rahmen zierte.

»Da rein.«

Ich fügte mich wie eine Strafgefangene, die in ihre Zelle geführt wird. Gnadenlose Schwärze umfing mich, als würde ich an einer Bergwerksführung teilnehmen, bei der es leider gerade einen Stromausfall gab.

Mara folgte mir auf dem Fuße, es machte klick und eine notdürftige Funzel beleuchtete die Gruft. Ja, Gruft, denn ein anderes Wort konnte nicht beschreiben, was sich Mara hier zurechtgedacht hatte. Dunkelheit in allen Ecken, Wände mit dunklen Löchern, die Gänge zu irgendwelchen anderen Räumen waren, Gewölbe, die sich an der Decke wild kreuzten, und dunkle, verzerrte Bilder, die den Horroreffekt noch steigerten.

»Uff«, machte ich.

»Meine Welt«, verkündete Mara stolz und begann, mich durch die Gänge zu zerren. Vielleicht hätte ich nicht so viele Fantasy-Geschichten lesen sollen, denn die hatten Mara eindeutig als Vorlage gedient.

Vorsichtig folgte ich Mara und schaute mich dabei schaudernd um. Ein unangenehmes Prickeln krabbelte meinen Rücken hinunter. Nein, in dieser Mischung aus Burgverlies und Geisterbahn hielt mich nichts. Ein letzter Blick in Maras Privatgemach, das eine düstere Höhle mit schwarzen Vorhängen, lila und blau leuchtenden Neonlichtern, schweren Holztruhen und silbernen Kerzenleuchtern war, gab mir den Rest und ich bat sie vorsichtig, mich zum Spiegelsaal zurückzubringen. Wider Erwarten folgten auf meine Bitte kein Schimpfen und kein Stampfen, sondern nur abfälliges Gelächter.

»Bist kein Grottenolm, hä? Hätte mich auch gewundert. Mir gefällt's und ich bin froh, wenn mir hier keiner reinredet«, knurrte sie. »Sollte sowieso nur ein bisschen Zeit überbrücken. Jetzt können wir zurück, das dürfte reichen.«

Sie schubste mich durch ein Fenster ihrer Schlafhöhle, und als ich gerade dachte, ich würde nun fünfhundert Meter tief in einen gähnenden Abgrund stürzen, standen wir schon wohlbehalten im Spiegelsaal. Im leeren Spiegelsaal. Bis auf mein Sofa samt Zubehör war nichts zu sehen.

Erstaunt drehte ich mich im Kreis, als ein helles Klopfen ertönte. Es kam nicht vom Hauptspiegel. Dort draußen explodierte gerade eine Plastik-Geburtstagstorte und sprühte Berge von Konfetti über die Partygäste. Konfetti, das Zeugs, das Mom nie in ihrem Haus haben wollte, weil man es noch Monate später unter den Möbeln und zwischen den Sofaritzen finden konnte, das gab es jetzt tonnenweise für Mitu.

Es klopfte noch einmal. Dann klingelte es. Huch? Gab es hier einen Postboten? Oder einen Geschenkeservice? Ein Christkind mit Glöckchen? Mara zeigte mit gewichtiger Miene auf einen Spiegel, der mir noch nicht aufgefallen war. Ein Türspiegel, was ganz Neues.

»Los, mach schon auf«, giftete sie und gab mir einen Tritt in den Hintern, der mich direkt vor den neuen Spiegel beförderte. Zögernd drückte ich die Klinke, die Tür wurde aufgerissen und . . . ja, also, das war echt schräg. Vor mir stand ungefähr dreißig Mal mein eigenes Ebenbild in allen möglichen Erscheinungsformen und jedes einzelne grinste mich erwartungsvoll, stolz oder einfach nur fröhlich an.

Miriam, die an vorderster Stelle stand, drängte mich zur Seite. Sie schleppte etwas, das aussah wie eine gigantische Champagnerflasche, gefolgt von Mela, die sich mit einer überdimensionalen Torte abmühte. Andere Wesen trugen Tische, Teller, Gläser, Blumensträuße und allerlei Dekorationen, überfluteten mich mit ihrer Geschäftigkeit und verwandelten den unterkühlten Raum innerhalb weniger Augenblicke in einen geschmückten und festlichen Saal, als würde hier gleich der Wiener Opernball stattfinden. Nur bunter. Und lustiger.

Als ich mich endlich gefangen und die Spiegeltür ordentlich geschlossen hatte, waren Miriam und Mela schon dabei, Teller und Gläser zu verteilen und es sich gemütlich zu machen.

»Du musst die Torte anschneiden und die Flasche öffnen. Ist natürlich alkoholfrei«, riefen sie mich herbei.

Ich drängte mich durch das Gewühl meiner Gäste und konnte mich nicht sattstaunen an den vielen Gestalten. Dass sie das für mich getan hatten! Dass sie alle aus ihren Welten hervorgekommen waren, um mich hier zu befeiern! Das war – unglaublich großartig. Das war so wundervoll, dass ich dieses Mal dem Klumpen im Hals nachgab und wirklich vor Rührung weinte. Schniefend senkte ich das Messer in die cremige Torte und bekam für jedes verteilte Stück einen federleichten Herzlichen-Glückwunsch-Kuss auf die Wange, von Wesen, die teilweise so hauchzart und flüchtig waren wie ihre Küsschen. Sie freuten sich genauso sehr wie ich. Über die gelungene Überraschung natürlich. Und über meine Rührung. Und weil irgendwie alles wieder gut werden würde.

Apropos gut. Mein Blick wanderte zu dem Hauptspiegel, der fast hinter einem Strauß bunter Riesen-Papierblumen und Luftschlangen verschwunden war, und blieb kurz bei der Gesellschaft hängen, die sich um Mitu scharte. Ihr Glücksgefühl strömte bis zu uns herüber.

Wir feierten eine wundervoll altmodische Geburtstagsparty, eine Mischung aus Kindergeburtstag und Jubiläumsfeier einer Fünfzigjährigen, bei der schließlich auf Musik verzichtet werden musste. Denn die unterschiedlichen Geschmäcker waren einfach nicht unter einen Hut zu bringen, und nachdem Mara zum zweiten Mal aus Wut über den ausgelassenen Hip-Hop-Sound mit einem zierlichen Holzstühlchen auf das Buffet eingeschlagen hatte und man mühevoll alles wieder heil denken musste, schaltete Miriam die Musik kurzerhand aus. Nun saß Mara zwar mit bitterböser Finstermiene auf meinem Sofa und grollte wie ein alter Höhlenbär, aber sie war friedlich. Während Miriam und Mela andauernd um mich herumgluckten und mich glücklich machen wollten, hielten die anderen Mädchen Abstand. Mit der Zeit verschwanden immer mehr von ihnen, manche lösten sich im wahrsten Sinne des Wortes einfach in Luft auf, während andere mir federleicht zuwinkten, bevor sie verschwanden, und wieder andere sich höflich mit Händeschütteln und einem Dankeschön verabschiedeten.

Langsam ging es auf Mitternacht zu und wir verbliebenen vier ließen uns auf dem Sofa vor dem Hauptspiegel nieder, um beim Höhepunkt und Ausklang meiner Party live mit dabei zu sein.

Eben näherte sich mit metallischem Quietschen eine mottenzerfressene Mumie und grabschte nach den Mädchen. Alles kreischte. Die Musik wurde gruseliger, die Vorhänge wackelten. Alles kreischte noch lauter. Drei Skelette schwankten in den Raum und trugen einen Sarg. Noch mehr Kreischen. Doch als der Sarg mit einem lauten Knall aufplatzte und ein Mini-Feuerwerk startete, mündete das Kreischen in hemmungsloses Gelächter. Die Musik wurde wieder angeschmissen, es gab eine letzte Tanzrunde und kurz darauf betraten die ersten Eltern den Raum, um die Feierwütigen nach Hause zu bringen. Aus, Schluss, bis zum nächsten Mal.

Die Zeit kroch dahin. Längst waren alle Teller und Gläser umständlich per Hand weggeräumt, die Tische zusammengeklappt und die Dekoration abgenommen. Die paar Schmutzhäufchen in den Ecken konnte man sich getrost wegdenken. Ohne ein Wort zu wechseln, setzten wir uns auf die verbliebenen Stühlchen. Mara, die keinen Strich geholfen hatte, schnarchte demonstrativ auf dem Sofa, das ihr neuer Stammplatz zu sein schien. Miriam blätterte gedankenverloren in einem Gedichtband und Mela knibbelte an einer der leuchtend gelben Papierblumen, die sie mit in ihre Welt nehmen wollte. Wir warteten. Natürlich auf Mitu. Würde sie sich an ihr Versprechen halten und zurückkommen? Oder würde sie mich versetzen und dort draußen bleiben? In mir fing es an zu zittern. Mein Magen? Mein Herz? Kam sie oder kam sie nicht? Wie lange brauchte man, um das Museum zu räumen, nach Hause zu gehen und ins Bett zu fallen?

Überhaupt – Museum. Ich war ein wenig angefressen, um es zurückhaltend auszudrücken. Im Nachhinein fand ich den Aufwand, den sich meine Eltern geleistet hatten, schlichtweg übertrieben. Hätte es nicht eine einfache Fete in Papsis Hobbyraum getan? So ein Tamtam wie heute hatten sie noch nie veranstaltet. Schwimmbad, Freizeitpark, das waren die aufregendsten Feiern gewesen, zu denen ich je eingeladen gewesen war. Auch meine Geburtstage waren immer ziemlich harmlos gewesen. Kino, Schnitzeljagd oder Übernachten im Zelt. Sie mussten heute Unsummen ausgegeben haben.

Eigentlich eine Lachnummer. Meine Eltern hatten genau dem Wesen eine Party gestiftet, das sie – ohne es zu wissen – vertreiben wollten. Das Wesen, das ihrer geliebten Tochter so zusetzte, dass diese in völlig verwirrtem Zustand durch den Alltag wankte. Und wenn Mitu sich nun weigerte zurückzukommen, dann wären die Ausgaben obendrein völlig umsonst gewesen.

Aber Mitu kam. Eine weitere halbe Stunde ließ sie mich allerdings noch bangen. Dann, kurz bevor ich fast doch noch dem Wahnsinn verfallen wäre, erschien sie plötzlich im Spiegelsaal, als wäre sie das Ergebnis eines gelungenen Zaubertricks. Melas Papierblume war ein zerknüllter Klumpen, Miriams Gedichtband hatte eingerollte Ecken und Mara schlief tatsächlich. Und schnarchte, wie gesagt.

Gemessenen Schrittes kam Mitu auf uns zu. Mit ernster Miene nahm sie auf einem der freien Stühle Platz, bedachte eine nach der anderen mit einem gedankenvollen Blick. Mir war mulmig zumute. War etwas schiefgelaufen? Würde sie jetzt sagen: »O. k., Maja, es tut mir leid, aber bleib du mal schön hier und ich lebe dein Leben weiter«? Oder: »Ach weißt du, weil es so schön war, begleite ich dich einfach für den Rest deines Lebens als Spiegelwesen«?

Da breitete sich ein strahlendes Lächeln auf ihrem Gesicht aus, als hätte jemand die Flutlichter der Stadionbeleuchtung bei einer Fußballweltmeisterschaft eingeschaltet. Sie sprang von ihrem Stühlchen, riss die Arme hoch, fiel mir um den Hals und juchzte: »Mann, Maja, jetzt habe ich euch aber drangekriegt. Das war so ultrageil!«

Also, das war ganz die Mitu, die ich kannte.

»Das war so was von das Beste, was ich je erlebt habe! Ich bin so happy.« Sie tanzte um uns herum wie Klara, wenn sie statt der erwarteten Vier eine Zwei in Mathe geschrieben hatte.

Wir waren platt. Mela schüttelte den Kopf, dachte sich eine neue, dieses Mal violette Papierblume, lächelte mir warmherzig zu und verschwand.

Miriam brauchte ein wenig länger, um sich von dem Schock zu erholen. Schließlich nahm sie meine Hände zwischen ihre, sah mir tief in die Augen und küsste mich dick direkt auf den Mund. Dann lachte sie erleichtert, zwinkerte Mitu zu und machte sich ebenso davon.

»Und jetzt?« Die Frage brannte mir inzwischen auf den Lippen.

Ich wurde mit Bärenkräften vom Stuhl hochgezogen, wieder umarmt, geherzt und geküsst wie heute früh von meiner Familie und den ganzen Tag schon von allen möglichen Leuten, dann schlagartig wieder freigelassen, sodass ich verblüfft zurücksackte. Neben den Stuhl.

»Oh, verzeih«, lachte Mitu, als ich mich aufrappelte. »Es war das pure Glück, was ich heute Abend erleben durfte. Wirklich! Du bist ein Engel, ein Engel mit großem Herz!« Ihr seliges Seufzen drang tief in besagtes Riesenherz, das fast meine Brust sprengen wollte.

Mitu sah so schön aus, so . . . glücklich.

»Vielen, vielen Dank, Maja! Es war einfach nur toll, die Party, das Tanzen, die ganzen Leute! Am liebsten würde ich ewig so weiterfeiern! . . . Aber jetzt ist es vorbei. Du hast dir eine Pause verdient und ich bin auch ganz erledigt. Lass es uns kurz machen, bevor ich es mir anders überlege und doch wieder mit dir rausgehe, ja?«

Stimmt, dachte ich, das wäre ja wirklich furchtbar und plötzlich schoss aus meinen Augen ein ganzer

Wasserfall. Ich würde sie schrecklich vermissen, diesen Querkopf, diese Spaßnudel, diese Heimsuchung!

»Ach Mitu, überleg es dir noch mal, ich glaube, ich will doch nicht, dass du hier zurückbleibst«, brach es aus mir heraus.

Was sagte ich denn da?!

»Hey, Blödsinn, du wünschst dir wieder ein normales Leben oder möchtest du so enden wie Frau Bombach? Eben. Nun mach schon.« Energisch klapste sie mir auf meinen heute schon ziemlich strapazierten Po und schob mich zum Hauptspiegel.

Kapitel 17

*I*ch spürte den Klaps noch, als ich schon lange wieder in meinem Bett lag. Und ich war Mitu herzlich dankbar, dass sie unseren Abschied so abgekürzt hatte.

Nun konnte ich einfach dort weitermachen, wo ich vor Mitus Auftauchen aufgehört hatte, und so tun, als ob all diese unbegreiflichen Dinge nie geschehen wären. Na ja, ich konnte es wenigstens versuchen. Meine Eltern, meine Freunde, meine Lehrer und alle würden sich kopfschüttelnd an Majas schlimme Zeiten erinnern, erleichtert durchatmen und gelegentlich »Ach ja, weißt du noch damals, als Maja in die Pubertät kam« seufzen und die Augen gen Himmel drehen.

Meine Hände umfassten wie von selbst meinen Kopf. War sie noch da drin? Hallo Mitu? Ich schloss die Augen und versuchte, ihr Bild heraufzubeschwören. Hallo Miriam? Mela? Mara? Ach nein, lieber nicht Mara.

Doch es waren nur Dunkelheit und Leere in mir. Ich war wieder allein. Aber vergessen würde ich nichts.

Da seufzte plötzlich eine Gestalt neben mir, ein Arm legte sich schwer über meine Brust, eine Hand griff in meine Haare.

Ich erstarrte.

»Mitu?«, flüsterte ich angstvoll. Jemand pustete mir

seinen Atem ins Gesicht. Ein einzigartiger Atem. Zart, vertrauensvoll und warm. Die Hand in meinen Haaren war viel kleiner als Mitus. Ich atmete erleichtert aus, schnappte den kleinen, drahtigen Körper und drückte ihn fest an mich. Fast hätte ich vergessen, dass Vinci heute als Ausgleich für die verpasste Party bei mir übernachtete.

Als er am nächsten Morgen gleich nach dem ersten Recken und Strecken, die Augen waren noch gar nicht richtig geöffnet, fragte: »Ist das Mädchen jetzt wieder weg?«, schreckte ich hoch.

»Mpfgrrlm«, grummelte ich, öffnete ein schweres Augenlid und schloss es schnell wieder. Zu anstrengend.

»Schade, sie war lustig.« Vince saß auf meinem Bettrand und ließ die Füße baumeln. »Und cool«, fügte er nach einigem Nachdenken hinzu. »Vielleicht kommt sie ja mal zurück. Dann muss sie wieder mit mir Fußball spielen. Sie wäre bestimmt auch toll beim Verstecken.«

»Hmpf«, machte ich zustimmend, öffnete das andere Auge, probierte das erste noch einmal und mein Blick fiel auf den Wecker. »Ohuuum«, entfuhr es mir dumpf. 6.54 Uhr. Spät für Vince, viel zu früh für mich. Vor allem nach der langen Nacht. Ich war zerschlagen, alt. Dreizehn Jahre alt, fiel es mir ein, aber als Vinci mich fröhlich in die Seite boxte, fühlte ich, wie langsam meine Kräfte zurückkehrten und ich mich auf meinen ersten stinknormalen Tag seit Langem freute.

Franca Düwel

Julie und Schneewittchen

Schlimmer gehts immer

Julies Leben besteht aus Höhepunkten. Und Tiefpunkten. Mehr Tiefpunkten, wenn sie ehrlich sein soll. Die beinhalten ein uraltes Ponynachthemd (zur unpassenden Zeit getragen), einen süßen Jungen (der ungerne in Kellern eingesperrt ist) und eine Person, die dringend Hilfe braucht, sich aber nicht helfen lassen will!! Als einzige Ratgeberin muss Sharon von der Sexhotline aus dem Nachtprogramm herhalten. Und Julies Tagebuch. Noch Fragen? Dann Julie lesen!

Arena

280 Seiten. Gebunden.
ISBN 978-3-401-06407-9
www.arena-verlag.de